FOLIO POLICIER

Jean Amila

Jusqu'à plus soif

Gallimard

Jean Amila, né en 1910 et mort en 1995, commence par écrire sous son vrai nom, Jean Meckert, plusieurs romans dont *Les coups*, qui paraissent aux Éditions Gallimard. À la demande de Marcel Duhamel, alors directeur de la Série Noire, il se tourne vers cette collection et change de nom pour signer des romans policiers, dont *Motus !* (1953), *Sans attendre Godot* (1956), *Noces de soufre* (1964), ou encore *Le pigeon du Faubourg* (1981).

Écrivain autodidacte, dont le père fut fusillé pour l'exemple à la suite des mutineries de 1917 (lire *Le Boucher des Hurlus*), il restera marqué par cette tragédie et décrit sans idéalisme ni manichéisme les gens modestes, les faits sociaux. Il choisit des héros ordinaires dont il retrace la vie quotidienne et la révolte contre une société qui refuse le rêve, humilie et impose le chômage. Il aura parallèlement travaillé pour le cinéma comme adaptateur et dialoguiste. Didier Daeninckx lui a rendu un hommage appuyé dans un roman de la Série du Poulpe nommé *Nazis dans le métro*.

Amila, dans « Révolution » n° 245, a dit en 1984 : « Écrire, c'est revendiquer une place pour l'homme dans l'univers, c'est revenir sur l'histoire pour l'éclairer et lui donner un sens. Moi je suis une étincelle. »

Marie-Anne s'habituait à la cadence lente de la bête aux harnais luisants.

Elle pouvait voir le dos de la jument ondulant régulièrement à l'allure du pas, le poil rosissant par endroits aux lueurs du soleil couchant.

Assis à côté d'elle, dans le tonneau étroit, le vieux curé avait cessé de parler depuis un moment. Il tenait à peine les rênes et semblait perdu dans une rêverie vague.

Fâché ?

Malgré la fatigue du voyage, Marie-Anne se dit que c'était peut-être à elle de faire la conversation. Après tout, ce vieux prêtre était doublement respectable, par son âge et par son état. En plus, il avait pris la peine de venir la chercher à la gare de Domfront et, durant la première heure du trajet, il s'était montré fort aimable.

La route montait insensiblement. Tout autour, c'était la grasse Normandie, les prés, les vaches, les haies vives garnies de prunelles, les pommiers ployant sous le poids des fruits rouges.

— Je sens que je vais me plaire ici ! fit-elle avec une conviction un peu trop appuyée.

Comme la réponse tardait, elle se tourna de côté et vit que le curé de Nomville dormait.

Sénile, mâchoire pendante, avec une coulée de bave qui tremblotait en stalactite à la pointe d'un menton mal rasé, l'abbé Hulin « pionçait » comme un bienheureux.

Marie-Anne comprit seulement le pourquoi du siège baquet, confort insolite, et du harnachement de sécurité que l'abbé s'était bouclé à la taille à la sortie de Domfront, comme pour un départ d'avion de ligne. Non, le vieil homme ne se parait pas pour la supervitesse, mais contre l'incoercible sommeil.

Le digne ecclésiastique avait du poil dans les oreilles. Du poil blanc, blanc crasseux comme ses cheveux de vénérable saint homme, sur un mufle avachi de teinte violacée, comme une brique vernissée de faîtière.

Il ronflait. Mais était-ce un ronflement, ou un râle ? Était-il en train de paisiblement sommeiller, ou de rendre l'âme ?

Marie-Anne prit peur brusquement. Elle se pencha vers lui, prête à l'aider, à lui relever le chef bringuebalant, à mettre fin à ce râle sourd qui sentait l'agonie.

Alors, elle huma l'odeur de gniaule. Ou, plus exactement, elle osa donner un nom à cette odeur diffuse qui flottait depuis le départ, et dont elle ne savait si elle tenait à l'homme, ou à la carriole.

Elle avait été plusieurs fois pour dire : « Ça sent la campagne... ça sent la ferme, ça sent le moût... Ça sent la goutte... » Eh oui, bien sûr, ça sentait la goutte. L'abbé Hulin puait l'alcool comme une mèche imbibée. Le vieil homme cuvait béatement, rênes lâches, s'en remettant au sabot sûr de Coquette qui, elle, ne buvait que de l'eau.

Marie-Anne eut un petit rire et murmura : « C'est gai ! »

Elle avait vingt ans et n'était pas laide avec son regard noir un peu sérieux et sa petite mâchoire volontaire qui lui donnait ce type de fille dont on dit, sans les connaître, qu'elles doivent être infirmières, enseignantes ou assistantes sociales.

Sans histoire, se substituant au vieil homme défaillant, elle lui prit les rênes et, avec le même accent normand qu'elle venait d'entendre, elle relança Coquette.

— Vé, Cotchette ! Vé !

*

Le clocher de Nomville apparut au détour de la route, comme le ciel se couvrait.

L'avers du vallon au fond duquel gîtait le village était déjà perdu dans la ouate impalpable du crachin. Temps de marée, temps normand. Les tempêtes d'équinoxe étaient passées, mais octobre amenait les jours courts et les feux de bois dans les cheminées.

La capote de toile grise était déjà tirée sur ses arceaux, formant comme une marmotte douillette, avec les esses arc-boutées en cuivre jaune, les voyants de mica, les revers bordés de cuir, fin travail de bourrellerie qui devait avoir vingt ans d'âge. On pouvait attendre l'ondée en toute confiance.

À droite et à gauche de la route, il y avait entre les prés des chemins praticables qui conduisaient aux fermes. Les prés eux-mêmes étaient fermés par des barrières de bois sur des passages fangeux, sentant la bouse et le fumier âcre, où l'on ne pouvait s'aventurer qu'avec de grandes bottes caoutchoutées.

Marie-Anne vit un oiseau de mer qui planait. Mouette grise, ou courlis. Il tournoyait avec un cri aigu, fascinant comme un oiseau de proie.

Elle crut entendre qu'on appelait sur l'arrière de la voiture, l'oublia un court instant, puis de nouveau elle entendit cette fois qu'on criait :

— M'sieur l'Abbé !

Elle se pencha alors et vit un garçonnet, gagnant sur la voiture. Elle tira les rênes et dit : « Holà ! Cotchette ! »... Mais Coquette continua sa route.

L'exclamation avait heureusement réveillé le vieux curé qui constata calmement : « Je me suis endormi », et qui reprit les rênes. Entendant à nouveau appeler derrière lui, il arrêta la bête d'un simple claquement de langue.

Le garçon essoufflé arriva à hauteur. Il avait les yeux noirs et largement ouverts. Il était hâlé et rouge à la fois de la course qu'il venait de faire.

— Ils vous demandent, m'sieur le Curé ! attaqua-t-il sans préambule. C'est Françoise qui est tombée dans la mare. Faut venir !

L'abbé Hulin paraissait chercher dans sa mémoire avec sérénité.

— Françoise ?... Françoise ?...

Puis, soudain, il réalisa le drame et devint plus attentif.

— Tombée « neillée » ?

— Tombée noyée ! répéta le garçonnet.

Le vieux curé prit un air sincèrement contrit et fit un signe de croix, qu'imita l'enfant, puis Marie-Anne avec un léger retard, soucieuse de ne pas rester en porte-à-faux.

L'averse arrivait comme un rideau crépitant. L'enfant sur la route était tête nue, avec un simple pull rapiécé sur les épaules.

— Monte, Jacquot ! dit le curé.

— Michel ! rectifia le gosse.

Il grimpa sur le marchepied où il resta un instant, intimidé par la présence de Marie-Anne. Celle-ci dut se pousser sur le siège pour lui faire une place.

Déjà le curé avait fait faire demi-tour à sa bête et l'avait mise au trot léger pour regagner un chemin creux.

Le feuillage d'automne formait encore une voûte que la pluie ne traversait pas ; le bruit était devenu plus diffus que lorsque l'eau s'était mise à floquer sur la toile.

Le vieux curé ne disait rien, et Marie-Anne n'osait interroger... Qui donc était cette Françoise noyée dans une mare ? Peut-être la propre sœur de ce gamin ? Elle lui demanda à mi-voix, très doucement, comme pour se rapprocher :

— C'est un accident ?

Le gosse la regarda droit dans les yeux, presque hostile.

— Bien sûr, tiens !

Et elle comprit que ce n'était pas un accident. Elle éprouva comme une nausée. On eût dit que l'odeur de goutte qui émanait du vieil homme avait soudain décuplé, centuplé. Odeur épaisse, tenace, insidieuse et fruitée.

Le vieux curé s'en rendit compte lui-même. Il huma l'air, renifla, trouva l'explication naturelle et logique.

— Tiens ! dit-il au gosse... Sont en train de « marmiter » ?

— Oui, dit Michel d'un air têtu. Ça se pourrait p't-être.

— Ah ! fit le curé.

Il avait l'air soudain ennuyé, regardant Marie-Anne à la dérobée. Son regard de bon vieil homme cuit d'alcool se teinta d'une ruse naïve. Il arrêta la bête.

— On ne va pas vous mettre dans un deuil pour votre arrivée, dit-il. Vous allez m'attendre là. Je n'en ai pas pour longtemps.

On devinait la ferme à moins de cent mètres dans le rideau de brouillasse. Marie-Anne comprit qu'elle y serait indésirable. Elle se leva pour descendre, mais le vieil homme commençait déjà à se désharnacher.

— Eh bien ! fit-il avec un léger reproche, comme si on le suspectait de rustrerie. Vous allez rester à l'abri, voyons !

Il descendit sans grande souplesse, mais avec une habileté consommée, sans sauter, usant d'un rai de la haute roue comme d'un marchepied qui lui permettait d'atterrir en douceur. Imbibé d'alcool jusqu'à la moelle, sans doute, mais pas ivre, très digne, très maître de la coordination de ses mouvements.

Il attacha Coquette à un arbre, s'excusa encore d'un sourire et suivit le gosse qui, déjà, filait devant.

Marie-Anne se sentit soudain isolée, comme en pays étranger. La nuit allait tomber bientôt, elle était fatiguée et elle avait froid. Elle vit s'amenuiser les deux silhouettes, puis un bruit de ringard et de voix humaines lui fit tourner la tête vers la gauche.

Là, derrière une haie, elle vit le hangar recouvert de tôle rouillée. Et, sous le hangar, elle distingua la fumée blanchâtre qui s'élevait d'une manière de double chaudron cuivré.

Il y avait quelques hommes. Mais au-delà du rideau de pluie, elle ne pouvait que les deviner. Quelqu'un ouvrit le foyer et enfourna du bois. Il y eut une lueur rouge sous le hangar et, durant un instant, lueur, chaudron, odeur lourde et fumée diffuse plaquèrent comme un climat de sorcellerie... L'alambic !

Marie-Anne se pelotonna sur elle-même et eut un frisson, comme si elle venait de retourner cinq siècles en arrière.

*

Le curé souleva un coin du drap mortuaire et le visage de la fille apparut, gonflé, méconnaissable.

— Françoise ?...

Il cherchait toujours dans sa mémoire et crut enfin avoir trouvé.

— C'est votre petite nièce ?

— Oui, dit la fermière qui avait les yeux secs... Si c'est permis... Ça n'avait pas vingt ans ! Elle n'aurait pas pu aller faire ça ailleurs, non ? Ou un autre jour ?

Le cadavre n'avait pas d'âge. La fille n'avait pas dû être jolie. Même morte, c'était la souillon aux cheveux carotte, aux taches de rousseur, au long nez sans grâce.

Elle n'était pas sur un lit, mais sur une table, et elle sentait la vase.

— Combien de temps ? demanda le curé.

— On l'a trouvée vers midi, la tête dans la mare.

— Les gendarmes sont venus ?

Mme Soulage prit un air effaré.

— Pensez, m'sieur le Curé. Ça va nous causer assez d'ennuis comme ça. On les appellera quand on aura fini de « marmiter ».

Le vieux curé parut peser le pour et le contre ; l'argument lui sembla sans doute raisonnable.

— Il ne faudrait peut-être pas trop tarder, dit-il prudemment.

Il leva la main sur le cadavre, pour la bénédiction. La fermière lui dit alors avec une rancœur sourde :

— Elle est morte en état de péché ; je dois vous prévenir.

— Qu'en savons-nous ? fit doucement le curé.

— Vous voilà prévenu, continua-t-elle.

Soulage entra alors dans la pièce, amenant avec lui l'odeur de l'alambic. C'était un homme d'une soixantaine d'années, visage rouge, moustache roussie comme si elle avait pris un coup de feu. Il serra la main du curé et demanda, méfiant :

— Qui est-ce, la personne qui est avec vous ?

— Dans la voiture ? dit le curé. C'est la nouvelle demoiselle.

— La demoiselle de l'école ?

— Oui

— Eh bien ! fit Mme Soulage, scandalisée. Il ferait beau voir qu'on la laisse dehors ! À quoi pensez-vous, monsieur le Curé ?

Celui-ci écarta les bras, évasif.

— Les circonstances, dit-il. Je ne savais pas si c'était convenable.

— On ne va pas la recevoir dans cette pièce, voyons !

Le vieux curé secoua la tête.

— S'agit point de ça. C'est rapport au chaudron.

C'est une gentille demoiselle, mais c'est une étrangère au pays. Savoir ce qu'elle pourrait penser... ?

— Eh bien, dit Soulage, si elle n'en a pas la vue, elle en a l'odeur ! Va la chercher, Germaine. Le mieux à faire, maintenant, c'est de lui en donner le goût.

L'avis paraissait judicieux, et Mme Soulage sortit.

Soulage désigna le cadavre.

— Vous avez fini avec c'te traînée-là ?... Vous vous rendez compte ! Nous faire ça, juste aujourd'hui !

— Pardonnez-leur leurs offenses, dit le curé. Pourquoi, elle s'est « neillée » ? Elle était soûle ?

— Ouais ! ricana Soulage. Sauf votre respect, le Curé, regardez donc son tour de taille ! Et c'est pas seulement de l'eau, croyez-moi ! Je ne sais pas où elle a attrapé ça. On lui a fait la remarque avant-hier... Et voyez donc ce qu'elle nous a fait, cette sournoise pas franche. Elle s'est foutue à l'eau ! Juste ce matin qu'on marmitait !... Uniquement pour nous embêter, c'est sûr !

Le vieux curé paraissait perdu, pensant à autre chose.

— Attends donc, fit-il. Oui, c'est ça. Je me disais que j'oubliais quelque chose... La demoiselle, c'est une parente de... Attends donc, comment c'est, son nom ?... Oh ! là ! là ! je n'ai plus de mémoire !... Un grand maigre, là, voyons... Ce n'est pas Langevin, son nom ?

— Le charron de Saint-Front ?

— Mais non ! Le jeune, là, qui fait toujours du zèle... Aide-moi, voyons !... Celui qui a pris Mathias avec ses deux barriques !

— Augereau ?

— Voilà !

— La répression des fraudes !

— Tout juste ! C'est ce que la demoiselle m'a appris tout à l'heure en venant. C'est son cousin !

Le père Soulage vira au violet.

— Ah ! Curé ! Vous n'auriez pas pu dire ça plus tôt ?

Mais le vieux curé, serein, conscience en paix, s'était tourné vers le cadavre, la main étendue et bénissante :

— *Requiem aeternam dona eis, Domine.*

— *Amen*, dit le fermier, qui ajouta aussitôt, furieux : ... Mais elle ne le mérite pas !

*

Marie-Anne s'était réconciliée avec le genre humain lorsqu'elle avait vu venir la fermière. On ne la laissait pas à la porte ; ces gens étaient donc civilisés.

La fermière était épaisse et avait l'œil dur. En fait d'amabilité, elle se contenta de déblatérer contre le curé Hulin qui l'avait laissée à la pluie... « Ma pauvre », disait-elle.

— Ma pauvre, vous ne tombez pas au bon moment ! Il y a juste la bonne qui nous claque dans les doigts ; mais ce n'est pas une raison pour vous laisser dehors, pas vrai ?...

Marie-Anne avait suivi, sans plaisir exagéré. Elle avait surtout hâte de connaître l'endroit où elle allait vivre et exercer, durant une longue année scolaire.

— Ainsi, vous êtes la nouvelle demoiselle. Et, sans indiscrétion, d'où c'est-y que vous venez ?

— De Paris, dit Marie-Anne. Mais je suis un peu normande, par ma mère qui est de Rouen.

— Oui, dit la fermière. Rouen, c'est quand même pas non plus par ici ! Tout ça, c'est la ville ! Par ici, c'est la campagne. Vous croyez que vous allez vous plaire ?

— J'en ai la ferme intention ! dit Marie-Anne en souriant.

Elle regardait malgré elle vers le hangar, où deux hommes la fixaient, goguenards : un genre de vieil ivrogne dépenaillé, et un jeune qui la détaillait sans vergogne.

Ce fut lui qui lança :

— Qui est-ce, la visite ?

— C'est la nouvelle demoiselle ! renseigna Mme Soulage.

Le jeune s'approcha alors, un peu faraud.

— Je vois bien que ce n'est pas un capitaine de pompiers.

Il avait le même œil noir que le garçonnet, en pleine jeunesse, déluré, retour du service militaire. Il ne paraissait ni sot, ni soûl, contrairement au vieil homme titubant qui était resté près de l'alambic.

— C'est vous la nouvelle institutrice ? fit-il en tendant la main.

— C'est moi.

— Eh bien, profitez-en encore, tant que vous n'êtes pas en caserne ! Vous êtes venue avec le curé ?

— Oui.

— Oh ! lui, c'est la crème. Mais vous allez voir Mlle Dhozier, la directrice ! C'est une vieille vache !

— Pierrot ! protesta la fermière.

Mais Pierrot éclata de rire.

— Vous pourrez le lui répéter. J'ai le courage de mes opinions.

On entendait l'alambic qui fonctionnait à plein rendement. Marie-Anne le regardait de côté, fascinée. Pierrot lui prit le bras et l'entraîna, familier.

— Venez donc y goûter. Elle est toute neuve !

— Je n'ai pas soif, dit-elle. Merci.

— Pas soif ?

Il éclata de rire, comme devant une plaisanterie.

— On est en train de bouillir nos dix litres en franchise, renseigna-t-il.

Il laissa traîner son regard sur trois tonneaux de deux cent vingt litres et ajouta, gouailleur et complice :

— Dix litres... dix litres et demi !

Marie-Anne sursauta en entendant derrière elle une voix de basse irritée qui ordonnait :

— Mais, vas-tu te taire !

C'était le père Soulage qui arrivait, devançant le curé Hulin. Le visage fermé, il se planta devant la jeune fille :

— Écoutez voir, ma petite demoiselle. Sous ce hangar-là, y a rien, et y a personne ! C'est compris ?

— Mais...

— Même si votre cousin Augereau vous demande, eh bien, c'est ça qu'il faudra lui dire ! Y a rien, et y a personne ! Voilà !

Pierrot et Mme Soulage regardaient la jeune fille avec une expression nouvelle. Ce n'était pas de l'hostilité, mais la surprise méfiante et rusée.

— Et puis, il n'y a rien à voir, dit enfin la fermière. On est en train de rincer nos fûts pour faire le cidre ; c'est tout !

— Mais, fit Marie-Anne comme pour s'excuser. Vous êtes chez vous et vous faites ce que vous voulez !

Soulage parut apprécier la remarque. Il secoua la tête avec approbation.

— Ça, c'est vrai ! dit-il. Voilà comment il faut parler, ma petite demoiselle. Qu'on ne nous cherche point d'histoires, on n'en cherche point aux autres.

Le vieil homme près de l'alambic était vacillant, mais avait l'ouïe droite. Il pointa le doigt vers la jeune fille, fit un « hé hé ! » égrillard et ajouta, définitif :

— Augereau, c't'un « feignant » !

— Ta gueule ! coupa Pierrot.

Il avait pris un sourire légèrement inquiétant, lourd de sens, qui sentait un peu la fréquentation du cinéma, l'image du petit « dur » très maître de lui. Il s'était tourné vers Marie-Anne.

— « Feignant »... Il veut dire : un fonctionnaire. Par ici, voyez-vous, on ne fait pas bien la différence.

Marie-Anne soutint son regard. Le jeune homme parut comprendre à retardement qu'il venait de l'insulter.

— Des fonctionnaires, il y en a des bons et des mauvais, dit-il. Mais des gens qui sont payés pour empêcher les autres de vivre, comment appelez-vous ça ?

— Je ne suis pas ici pour traiter de cette question, dit la jeune fille. Je n'ai aucune idée là-dessus.

Pierrot avait accentué son sourire et s'était rapproché.

— Eh bien, faudra vous dépêcher d'en avoir une. Par ici, on est pour ou on est contre. Mais ce n'est pas possible d'être chèvre et chou.

— Merci du conseil, dit-elle. Mais je viens ici pour m'occuper des enfants, pas des adultes.

Un demi-siècle de pratique avait donné au curé Hulin l'art de détendre une situation, par un rire gras bien placé, un bon mot éculé, ou un rappel à la gravité.

— Pour cette pauvre Françoise, dit-il... La cérémonie après-demain, ça me paraît convenable.

— Ça ira, dit la mère Soulage. À c't'heure faut

qu'on retrouve une bonne. Elle l'a bien fait exprès, cette marie-salope !

Elle se signa.

— Elle avait tout de même des qualités pour le poulailler, admit-elle. Je ne dis point de mal. Vous croyez qu'on pourra faire la cérémonie à l'église ?

— Le bon Dieu reconnaîtra les siens, dit le curé.

Le père Soulage avait pris un verre de gniaule, directement au serpentin.

— Goûtez-moi ça, Curé ! C'est de la mienne !

Hulin prit le verre, le huma, le but en trois gorgées espacées.

— L'est encore franche, apprécia-t-il. Mais p't-être pas loin du goût de queue. Qu'est-ce que t'en dis, Gustave ?

Le vieil homme de l'alambic, yeux vitreux, but un petit coup, rota, claqua la langue.

— L'a 'core l'bon goût ! Mais point pour longtemps.

Il guignait Marie-Anne, toujours dans les vapeurs égrillardes, hideux, indigne, ivrogne chronique, suant, sénile, bourré de tics...

— Hé ! hé !

Marie-Anne se sentit gênée, salie, et se détourna.

— Pour ce qui est de la Françoise, dit le père Soulage avec tranquillité, on ne pouvait pas y mettre un cadenas. Et c'est p't-être pas forcément un jeune qui lui a fait ça.

Le vieux curé regarda l'ivrogne avec une douceur triste.

— ... Je vois !... Le bon Dieu fait peut-être bien les choses !... Savoir ce que ça aurait donné !...

— Savoir ! fit sentencieusement Soulage... On va avoir fini la marmite. Je préviens les gendarmes à la nuit. Nous voilà dans le deuil, à c't'heure, Curé !

*

L'abbé Hulin ne s'était pas réharnaché pour faire le dernier kilomètre. Dans le crépuscule, il était triste comme un homme qui a trop vécu.

Marie-Anne était très droite sur son siège, tendue. Elle demanda, d'un ton volontairement neutre, n'attendant pas de réponse :

— Les suicides sont fréquents dans la région ?

— Bah ! fit le curé ; pas plus qu'ailleurs. Depuis trente ans que je suis dans cette paroisse, cela doit faire le quinze ou seizième.

— Mais c'est considérable ! dit Marie-Anne.

— Presque toujours des filles, fit le curé comme s'il ne l'avait pas entendue. Elles se pendent, ou elles se « neillent ». Moi, j'aime mieux qu'elles se « neillent ». Parce que, quand elles se pendent, c'est plus difficile d'avoir l'autorisation de Monseigneur, pour la cérémonie à l'église.

— Mais on ne se noie pas comme ça dans une mare, s'indigna Marie-Anne. Il y a l'instinct de vie, on se débat.

On arrivait au village, et l'église de granit se détachait dans le crépuscule, adossée au cimetière.

— Oh ! dit le curé. Elles se débattent point. Elles

se mettent à genoux dans la mare, elles plongent la tête dans l'eau et elles ne bougent plus.

— C'est impossible ! fit Marie-Anne, traversée par un frisson d'horreur. Il faudrait une volonté surhumaine.

— Surhumaine ?

Le curé se tourna vers elle, avec sa douceur triste de vieil homme.

— Essayez donc de boire trois ou quatre verres de goutte, coup sur coup ; et puis mettez-vous seulement la tête dans votre cuvette. Sûr que vous tomberez « neillée » comme les autres.

Le sabot de Coquette changea soudain de tonalité et prit une profondeur répercutée ; la voiture passait sous un auvent et entrait dans une cour pavée.

— La directrice, Mlle Dhozier, est une personne remarquable ! dit le curé. Un peu brusque, mais... très bien pour le pays...

Autour de la cour carrée il y avait deux bâtiments austères, à l'équerre, et trois ou quatre marronniers qui commençaient à répandre l'âcre odeur des feuilles mortes : une cour d'école. Marie-Anne comprit qu'elle était arrivée.

Il n'y avait qu'une lumière au rez-de-chaussée, et une vieille dame en fichu sortit sur le seuil. Marie-Anne la prit d'abord pour la servante, mais dès que la femme ouvrit la bouche et commença à claironner, la jeune fille n'eut plus aucun doute. Il s'agissait de la remarquable Mlle Dhozier.

— Le train avait du retard, donc ?... Charlotte,

prends les affaires de la demoiselle ! Vous devez être dans un bel état, ma pauvre sainte femme ! Entrez vite vous reposer.

La pièce était grande et entièrement dallée. La table était mise, sous une ampoule électrique qui pendait des poutres et dont l'éclat, bien faible, était rabattu par un abat-jour fait d'un vieil almanach du *Pèlerin*.

C'était l'odeur qui sautait aux sens, dès l'entrée : un mélange de compote cuite, d'arrière de sacristie, de cire d'abeille, de vieillerie moisie, de feu de bois et aussi... non, ce n'était pas possible !...

Et pourtant, oui, c'était ça ! Le cruchon était sur la table, culotté et suintant, et les moques, les petits bols en Quimper, attendaient, alignés comme pour la parade.

Déjà, Mlle Dhozier versait, débordante d'hospitalité.

— Tenez, ma pauvre sainte femme ! Ça vous fera du bien !

Et dans le petit bol, la gniaule blanche montait, montait. Marie-Anne réprima une nausée. On ne lui voulait que du bien, c'était sûr. La vieille demoiselle Dhozier au visage de Carabosse, le vieux curé Hulin à la trogne violacée et la jeune servante enfin, qui n'avait pas seize ans, déjà taillée en armoire normande, mais au faciès complètement abruti, ils la regardaient tous trois, pétris de bienveillance, dans un élan d'accueil fraternel et humain.

« Et pourtant, songeait-elle, ils me versent du poison ! »

Elle fut sur le point d'accepter, par gentillesse ; mais la répulsion fut la plus forte. Elle avait depuis plus de deux heures respiré l'odeur du vieil homme, puis l'odeur de l'alambic : elle était saturée.

Elle tempéra son refus par un sourire navré.

— Je n'ai pas faim, dit-elle. Le voyage...

— Eh dame ! fit Mlle Dhozier, compréhensive. Vous voilà toute barbouillée, bien sûr... Buvez-moi ça ! Ça vous remettra !

La moque pleine d'eau-de-vie était là, à trente centimètres du nez. Marie-Anne se sentit pâlir.

— Je n'ai pas soif non plus, s'excusa-t-elle.

Il y eut un silence intrigué.

— Mais, dit la directrice. Point besoin d'avoir soif ; c'est de la bonne ! Ça va vous secouer !

Elle avait mis le petit bol dans la main de Marie-Anne. Celle-ci se raffermit, posa le bol sur la table.

— Je ne bois jamais d'alcool ! fit-elle.

— Mais, fit la directrice, un peu décontenancée, ce n'est pas de l'alcool de la ville, ça, ma pauvre ! Ce n'est pas trafiqué. C'est un produit naturel du bon Dieu, pour des chrétiens qui ne le méritent sacrément pas !

Marie-Anne avala sa salive, affronta le scandale.

— Je ne bois que de l'eau, s'il vous plaît.

— De l'eau ?

C'était comme une stupeur polie ; trois personnages la clouaient sur place, sans comprendre. Mlle Dhozier s'était un peu redressée, volontaire.

Mais son sentiment de l'hospitalité fut le plus fort. Elle se tourna vers la servante, accommodante, avec un rien d'ironie.

— Eh bien, va quér' de l'iau, Charlotte !

Elle lui passa le bol de Marie-Anne, en précisant :

— Faut point laisser perdre !

Les trois Normands se regardèrent et burent en silence.

*

Le brigadier Vandamme prit l'appareil, lorsque le gendarme Letellier lui annonça :

— Un suicide, chef !

Il lut en même temps la brève note que son subordonné lui passait par-dessus la table... « Nomville... Ferme Soulage... Françoise... Tombée dans la mare... »

— Allô, dit-il. Qui est à l'appareil ?

— C'est Pierre Soulage.

— D'où téléphonez-vous ?

— De chez Noirterre, épicerie-buvette, à Saint-Fraimbault.

— La découverte du corps remonte à combien de temps ?

— Peut-être une heure.

— Vous l'avez laissé dans l'état ?

— Non. On l'a ramenée à la maison. C'était une parente.

Le brigadier haussa les épaules.

— Bon ! On va y voir !

Il raccrocha. Il était officier de police de son ressort ; c'était à lui de faire les premières constatations. Il paraissait soucieux ; Letellier se méprit.

— Vous croyez que c'est un crime ?

— Ça m'étonnerait, dit Vandamme. Mais Pierre Soulage, c'est un petit gars qui commence à faire parler de lui. Il n'est pas exclu que ce soit une diversion, pour essayer de passer de la goutte.

Il avait repris l'appareil, actionna la manivelle.

— Gendarmerie ! dit-il. Donnez-moi le 7-22 à Saint-Fraimbault.

Il eut la communication presque aussitôt.

— Allô ! Café Noirterre ?... Monsieur Noirterre ?... Dites-moi, quelqu'un vient, soi-disant, de me téléphoner de chez vous. Est-ce exact ?... Pierre Soulage ?... Je vous remercie... Il est parti aussitôt ? Ça ne fait rien. Merci.

Il raccrocha.

— Ça paraît sérieux, dit-il. Mais, pour la bonne conscience, passez donc un coup de fil à Augereau ; si ça l'intéresse de venir faire un petit tour dans le coin.

*

Tout de suite après le passage à niveau, Pierre Soulage prêta l'oreille. Il était au volant de la camionnette 203, son père était à côté de lui. Il lui parut que quelque chose dansait à l'arrière, mal arrimé.

— Ça cogne, dit-il. Écoute !

Mais le père Soulage avait surtout hâte d'être arrivé.

— Va toujours !

Il faisait presque nuit, et cependant Pierrot n'avait pas mis ses lumières. Il accéléra en troisième, donna un coup de frein et laissa filer. Derrière, c'était maintenant très net, les tonneaux s'entrechoquaient.

Il arrêta la voiture au bord de la route, furieux.

— J'aurais dû m'en douter ! Vous avez juste posé les fûts. Et si on doit foncer, donc ! Sais-tu ce qui va se passer ? Six cents litres de camelote répandue !

— Va donc ! dit le père. Pas besoin de foncer.

— Ce qu'on fait, on le fait ! dit Pierrot. Ou ce n'est pas la peine de le faire.

Sur ces fortes paroles, il sauta à terre, prit une commande de chanvre et commença à ligoter les trois tonneaux.

— Tu nous retardes ! dit le père Soulage.

— Ouais, dit Pierrot. Mais c'est comme à la guerre ! je sors d'en prendre. Tu sais pour combien on en trimbale ? Six millions d'amende, si on se fait piquer !... Même avec la transaction, on en aurait pour un bon bout à s'en remettre !

— Bon ! dit le père, agacé. Mets les ficelles et dépêche-té donc ! Si on est pour se faire prendre cette nuit, c'est point tes ficelles qui y feront quelque chose !

Pierrot, dans le noir, arrimait méticuleusement

les tonneaux aux poutrelles, comme s'il s'était agi d'un départ sur cargo volant.

— Écoute, p'pa, dit-il. On se fait coincer quand on veut bien se faire coincer. J'ai fait trois fois plus de voyages, ces deux dernières années, que toi dans toute ta vie. Il ne m'est jamais rien arrivé. J'ai toujours amené la camelote des autres sans en perdre une goutte... Alors ce n'est pas aujourd'hui où je mène une marchandise à nous, que je vais leur en laisser seulement une cuiller à café !

Il revint s'asseoir au volant, son travail terminé. Le père Soulage secouait la tête.

— On n'aurait point dû partir, dit-il. Ce coup que nous fait la Françoise en se foutant à l'eau, c'est pas bon signe ! Le bon Dieu veut peut-être bien nous dire de ne pas y aller, tiens !

— Je m'en vais te dire, p'pa. Le bon Dieu, c'est les réflexes !... Si tu as les réflexes plus rapides que le gars d'en face, tu peux te passer du bon Dieu.

Et il embraya.

*

La Vedette qui paraissait hors d'âge ralentit avant le carrefour et s'arrêta.

Carbonnier regardait la carte, à la lueur d'une lampe de poche.

— S'il vient de Saint-Fraimbault, dit-il, il doit forcément passer par ici. À ta place, Augereau, j'attendrais au carrefour.

Augereau pouvait avoir trente-cinq ans. Il avait les yeux clairs, le front têtu, un pli au coin de la bouche, dont on ne savait si c'était ironie ou amertume.

— Attendre, on ne fait que ça ! dit-il. Mais, à mon avis, on a cinq minutes de retard, même si le tuyau est bon.

Par acquit de conscience, il brancha le projecteur rouge : « Halte-Contrôle », pour vérifier son fonctionnement, l'éteignit. Puis, à la réflexion, il embraya, traversa le carrefour et vint se poster à l'entrée de la petite route étroite.

— Comme ça, il n'a aucune chance, dit-il. Impossible de faire demi-tour.

Il disait cela d'un ton désabusé. Carbonnier le lui fit remarquer.

— Tu n'y crois pas beaucoup !

— On est payés pour y croire, dit Augereau. Mais s'il a quitté le café Noirterre à 18 h 17, on n'est plus dans les temps... À moins qu'il ne se soit arrêté pour cueillir des fraises !

Il haussa philosophiquement les épaules et tendit un paquet de cigarettes à son collègue.

La nuit tombait. La pluie avait cessé, mais le goudron de la petite route vicinale était luisant.

Augereau entendit, s'approchant, le bruit de moteur d'une camionnette.

— Écoute ! souffla-t-il.

Les sens immédiatement en éveil, les deux hommes se tendirent.

*

Pierrot conduisait à bonne allure.

Il connaissait à fond la petite route sinueuse ; dans un instant, il allait se trouver au carrefour, à la D 19 qui conduisait à Domfront.

Dès l'amorce du dernier tournant, il devina à cent mètres la Vedette immobile dans la nuit tombante. Il leva le pied, méfiant. La seconde d'après, le projecteur rouge éclata dans la nuit, barrant la route.

Le père Soulage eut un rictus et un hoquet soudain, comme un boxeur qui reçoit un coup au foie.

— C'te fois, ça y est ! murmura-t-il.

Mais Pierrot s'était dressé sur la pédale du frein.

En un éclair, il avait entrevu la situation ; elle n'était guère brillante.

Foncer ?... Mais la Vedette, un peu en travers, faisait barrage, tenant à peu près la largeur de la route.

Faire demi-tour ? L'étroitesse de la route l'interdisait. À droite et à gauche, c'était le mur impénétrable des haies vives dont les racines étaient enchevêtrées dans une levée de terre.

Il bloqua, tandis que Soulage s'arc-boutait désespérément au tableau de bord. À l'arrière, on entendit gémir les cordes sous la poussée des six cents kilos d'alcool.

Pierrot embraya en marche arrière et la poussa aussitôt, pied au plancher. Il n'avait aucune visibilité vers l'arrière et dut passer la tête par la vitre baissée, pour se guider, roulant déjà à près de quarante, à peu près à l'estime, dans une furie de moteur poussé à bloc.

Il essayait de penser vite. Le premier chemin de traverse se situait à plus de quatre cents mètres de là ; il ne fallait pas espérer pouvoir l'atteindre.

Sa prompte réaction lui avait permis de rompre le contact, mais il n'y avait aucun moyen de tirer profit du répit. Pousser à mort la marche arrière, en espérant que l'autre aurait des ennuis de démarreur ?

Le brusque flux des phares lui fit comprendre que ce dernier espoir était vain.

— C'te fois... dit encore le père.

Il devait répéter sa litanie de panique :

— Arrête-té donc ! Té vois bien que c'est fini !...

Mais Pierrot aimait lutter. La lueur des pleins phares éclairait la route derrière lui. En un éclair, il vit le petit tertre qui enjambait le fossé, l'entrée du pré, la barrière de bois close... Il conçut et exécuta la manœuvre presque au même instant.

Sans ralentir, il vira brusquement à gauche. Son arrière culbuta et fit éclater la barrière de trois rondins... Il stoppa en même temps, commença son contre-braquage en passant la première...

Trop tard ! La voiture poursuivante était déjà là, et s'arrêtait pile, dans un hurlement de pneus, pour lui barrer le passage.

Il y eut à peine une seconde d'un silence qui parut intense. Puis la voix d'Augereau s'éleva :

— Allez, tu es fait, Soulage ! Reste tranquille !

— C'te fois..., murmura encore le père.

Mais le fils secouait négativement la tête, volontaire. Il était dans son tempérament de ne pas se rendre en rase campagne ; il voulait lutter jusqu'au bout.

Il mit de nouveau marche arrière et fonça à l'aveuglette. Où était-il ? Il n'arrivait pas à se repérer malgré sa profonde connaissance du pays. Ce pré était-il une souricière, ou avait-il une autre sortie ?

Il se redressa au bout d'un quart de cercle et repartit en avant. Il fallait maintenant jouer le tout pour le tout : il mit pleins phares.

Juste à ce moment, l'autre voiture entra dans le pré. Et, à la convergence des phares, ils purent tous voir l'autre barrière, à l'extrémité du pré, à une centaine de mètres.

Alors commença la véritable partie de cache-cache.

C'était un grand pré-verger, avec de gros arbres en plein rapport, épais et touffus, des pommiers quasi centenaires, qui semblaient taillés par en dessous de façon absolument rectiligne. On pouvait soupçonner les vaches d'avoir fait ce travail régulateur.

À la nuit tombante, cela donnait un peu l'impression d'une immense salle voûtée, avec d'innombrables piliers. Et le problème se compliquait du fait que parfois, entre les piliers, il y avait des vaches... d'abord allongées, puis rapidement debout, affolées, meuglantes et cavalantes.

Tout d'abord, Pierrot fonça vers l'autre sortie.

Mais Augereau avait eu la même idée, et il avait l'avantage de la ligne droite.

Commencé de cette façon, cela se déroula ensuite avec la rigueur d'un duel. Dès que Pierrot comprit qu'il n'arriverait pas le premier à la barrière, il infléchit sa courbe pour passer à l'arrière de la Vedette et revenir à la route.

Mais Augereau n'était pas sot ; il bloqua sur place, dérapa et fit face...

Coincé entre un arbre et les phares aveuglants, Pierrot qui devait tout faire pour éviter le contact, accentua encore son virage grinçant et parut perdre la première manche, en retournant vers un angle mort du pré.

Le problème était simple. Augereau voulait l'acculer dans un angle, tandis que Pierrot cherchait à gagner l'une ou l'autre sortie. C'était, avec la présence des vieux pommiers équidistants, un duel qui tenait du combat de la marine à voiles et du jeu d'échecs. Ligne par ligne, case par case, Augereau cherchait à enfermer son adversaire.

Peut-être y eût-il réussi s'il n'y avait eu sur l'échiquier des corps étrangers : les vaches.

Un moment, tout fut à son paroxysme : moteurs poussés à fond, meuglements, charge des bêtes à cornes, trouée aveuglante des phares. Dans chacune des voitures, les hommes bringuebalés sautaient littéralement de leur siège.

Puis Pierrot vit le trou et fonça. Ce n'était pas, hélas, la bonne sortie, mais il n'avait pas le choix.

Il fit craquer la barrière, l'un de ses phares s'éteignit, mais il passa.

Il se trouvait dans un autre pré, sur le côté duquel il y avait une autre barrière ; et par bonheur, celle-ci était ouverte.

Son espoir de semer Augereau fut de courte durée. Il n'était pas sorti du second pré qu'il reçut, par le rétroviseur, l'éclat des phares de la voiture poursuivante.

— Si seulement je savais où je suis ! hurla-t-il.

Le père Soulage, à côté de lui, semblait avoir pris du goût à l'affaire. Il avait le visage tendu, les poings serrés.

— Va toujours, dit-il. Moi, je sais !

Il ébaucha un sourire.

— Si on les mène où je crois, ils nous laisseront tranquilles !

Augereau était fin conducteur, et sa voiture, quoique démodée et sans aspect, était encore rapide, solide, et bien entretenue. Dans cette cavalcade nocturne à travers prés, il ne perdait pas un pouce sur la camionnette.

C'est sans surprise qu'il la vit éteindre ses feux. Il la suivit à coups de phares dans les catadioptres, la perdit à un tournant, la rattrapa plus loin, et la vit brusquement disparaître.

Il roulait en seconde, poussée à près de soixante, ce qui représentait une aimable performance dans ce terrain défoncé. Il semblait bien que, devant lui, la camionnette probablement chargée ne pourrait plus tenir longtemps.

La poursuite continuait, de pré en chemin creux, gymkana au milieu des barrières. Il y avait des virages brusques, des reprises. Augereau perdait le contact avec les catadioptres, les retrouvait, les reperdait... Il ne savait plus du tout où il était.

Au bout d'une ligne droite, il crut voir encore les reflets, accéléra, passa entre deux barrières fermées, fila plus vite encore...

Quand il vit ce qu'il avait devant lui, après un dos d'âne, il était trop tard. Malgré un coup de frein énergique, la voiture fonça dans la mare, dans une gerbe d'eau si soudaine et si drue, qu'on eût dit un vrai raz de marée !

À dix mètres en arrière, dans un chemin creux perpendiculaire, Pierrot et le père Soulage appréciaient, connaisseurs.

Puis Soulage remit en place les barrières inversées, et remonta dans la camionnette qui repartit calmement dans le petit chemin perpendiculaire, sur un coup de klaxon ironique.

Les phares étaient à ras de l'eau, le moteur était noyé et l'eau entrait dans la voiture.

Augereau essayait en vain de remettre le moteur en marche. On entendait des glouglous sinistres. La voiture s'enfonça encore légèrement et resta là, de guingois.

Augereau et Carbonnier se regardèrent. Tacitement, ils s'évitèrent le stade des jurons et imprécations, poussèrent chacun leur portière et entrèrent dans l'eau sale et nauséabonde jusqu'à mi-cuissse pour regagner la terre ferme.

— Charmante soirée ! dit Augereau.

— Ma foi, fit Carbonnier en s'efforçant à la maîtrise de soi. On peut dire que ça finit mal !

— Que ça finit ?... s'étonna Augereau. Mais, mon cher, les emmerdements ne font que commencer !

À pleines mains, ils essayaient d'enlever la gadoue qui collait à leurs bas de pantalons.

— Article 12 du règlement intérieur, récita Augereau. L'agent doit rester calme et maître de lui en toutes circonstances.

— ... devant les quolibets, les menaces, les avanies et les sévices corporels, continua Carbonnier du même ton... Ce n'est plus un métier, c'est un apostolat. Qu'est-ce qu'on fait ? On va demander aide et protection à l'indigène ?

Des lumières approchaient. La sonnette d'un vélo grelotta.

— C'est inutile, dit Augereau. Le tam-tam de brousse va commencer à fonctionner. D'ici un quart d'heure, il y aura deux cents personnes à nous regarder !

L'adolescent à vélo s'était approché, avait écarquillé les yeux devant le spectacle insolite, puis s'était replié sur un paysan trapu qui arrivait :

— Heu lô, c'est les contrôleurs !

L'homme avait englobé la scène d'un coup d'œil. Il avait gloussé, puis, se penchant vers le jeune gars, il avait glissé à mi-voix :

— Cours vite prévenir alentour ! Faut point qu'ils manquent ça !

Et, pas hostile pour un sou, mais goguenard et décidé à en tirer le maximum, il s'avança vers les deux hommes.

— Bien le bonsoir, messieurs !... Alors, comme ça, on prend un bain de pieds à c't heure ?

*

Soulage et son fils retenaient le troisième tonneau, arc-boutés, pour le faire rouler doucement sur le plan incliné qui menait à la cave. En bas, ils le redressèrent avec effort.

Bardin les regardait, sans y toucher.

Bardin ne touchait d'ailleurs jamais à rien ; c'est ce qui faisait sa force. Si on l'avait vu de temps en temps travailler de ses mains, on l'aurait peut-être rangé dans la catégorie des paresseux velléitaires. Mais il ne transigeait jamais ! Et nul, jamais, ne l'avait vu se livrer à des besognes indignes de lui.

Bistrot ? Marchand de soupe ?... Non ! C'était Mme Bardin qui tenait l'auberge. Lui, il était dans les affaires !

Il avait la cinquantaine passée, le pantalon lâche, des bajoues, rassurant, bonne pantoufle, l'air d'un brave homme.

Bardin était redoutable, tout le monde le savait. Redoutable et influent. Mais il avait la réputation d'un homme régulier en affaires : ce qui, dans le trafic, est chose capitale.

— Laissez-le comme ça, indiqua-t-il. Ça ne va pas moisir ici.

— Il y a de la demande ? fit Pierrot, par intérêt poli.

— Ça se maintient, dit Bardin, prudent.

Du menton, il leur fit signe de sortir. C'était un sous-sol cimenté, en contrebas d'une resserre à forte odeur de crotte de poule. La porte vermoulue n'était même pas barrée, juste poussée d'un coup de pied et calée avec une pierre.

La cour pavée était bien dégagée. À l'opposé de la camionnette, un vieux deux-tonnes à ridelles, bâché, attendait, face à l'entrée. Il avait l'air d'une vieille chose inerte, abandonnée.

En passant, Pierrot jeta un coup d'œil sur le numéro. Il sourit.

— Les Parisiens ont soit.

— Ça t'intéresse ? demanda Bardin d'un ton neutre.

— Ce que j'en dis... fit Pierrot avec discrétion.

Bardin le regarda, bonhomme et sybillin.

— Il n'y a pas de mal. C'est quand on est jeune, qu'il faut s'intéresser. Faut être jeune, et faut être doué, voilà mon avis.

Les deux hommes se regardèrent. Le petit discours avait l'air de passer au-dessus de la tête du père Soulage.

— Si ça ne vous fait rien, dit-il, me v'là dans le deuil. Faut qu'on pousse jusqu'à Barenton, chez le beau-frère, pour lui annoncer la nouvelle... Heureusement que c'est une famille nombreuse. Quatorze à table !... Je leur reprendrai encore peut-être bien la cadette, histoire de les soulager. Faut s'entraider. Viens, Pierrot !

Pierrot fit la grimace. Il passa la clé de contact à son père.

— Vas-y tout seul, p'pa. Tout le monde va se croire obligé de chialer. Moi, ça ne me dit rien.

— Mais...

— Laissez ! dit Bardin. Vous le reprendrez en passant. Vous avez un garçon qui veut s'instruire, père Soulage ! Et moi, je suis pour l'instruction !

Bardin avait de l'autorité et, par ailleurs, Pierrot venait de démontrer qu'il n'était pas un poupon. Soulage s'installa au volant de la camionnette.

— Eh bien, comme ça, fit-il, vous aurez le temps de faire les comptes.

— Je n'ai jamais cessé d'y penser, fit Bardin avec intention. Personne n'est jamais sorti d'ici sans être réglé jusqu'au dernier centime.

— Là, je suis tranquille, approuva Soulage. Vous n'aurez qu'à donner ça à Pierrot. C'est comme si c'était moi. Six cent dix litres à soixante-seize degrés. On avait parlé de deux francs vingt du degré. Mais peut-être bien que les cours ont monté, à c't'heure ?

— Les cours n'ont pas monté depuis hier matin, dit doucement Bardin. Faut s'en tenir à la parole donnée, père Soulage. Sans quoi, il n'y aura plus de travail possible !

Si cela cachait une menace, elle était très enrobée. Le père Soulage se hâta pourtant d'approuver.

— Sûr ! fit-il Deux francs vingt rendu. Moi aussi, je suis de parole... Seulement, dites, Bardin ! avec le coup d'Augereau, on a brûlé ce soir plus d'essence qu'il n'en fallait. Et puis la voiture est plus jeune... Des cavaleries comme ça, c'est point très bon.

Il se grattait la tête, paysan finaud. Il désigna le camion, d'un mouvement de tête.

— Si les Parisiens ils ont souef, comme dit Pierrot, vous avez belle de leur revendre ça au prix que vous voudrez. Pas vrai ? C'est de la bonne !...

Bardin restait de glace. Soulage s'était tourné vers son fils.

— Tu devrais lui dire, à m'sieur Bardin, que nous v'là dans le malheur, avec c'te pauvre Françoise. Qu'est-ce que ça va nous coûter, l'enterrement ! Et le repas ! Toute la famille du beau-frère à table !... Alors...

Il se tournait de nouveau vers Bardin.

— Seulement dix centimes en plus du degré, Bardin, ça ne va pas chercher bien loin.

— Non, dit Bardin.

— Cinq centimes ! Un petit sou du degré ! Qu'est-ce que c'est que ça pour un homme comme vous, m'sieur Bardin. Vous qui êtes du Conseil général ! Vous qui serez député de notre département, un jour ou l'autre, ça, c'est sûr !

— Non, dit Bardin.

Il avait soudain une grande dignité ; c'était un monsieur !

— Monsieur Soulage, dit-il, il est possible qu'un

jour mes amis me portent à poser ma candidature aux élections législatives. Mais en aucun cas je n'envisage d'acheter des voix de cette façon ! Car, en tête de mon programme, j'inscrirai les mots d'Honnêteté, de Probité et de Respect de la parole donnée ! Tous mes amis à qui je rends le service d'écouler les surplus d'alcool bonne bouche, malgré les tracasseries administratives, me font le grand plaisir de sortir d'ici heureux et satisfaits. S'il n'en était pas ainsi, monsieur Soulage, j'en serais le premier navré et je vous demanderais de bien vouloir reprendre votre marchandise. J'oblige les gens, monsieur Soulage, je ne les force pas ! Nuance !

La nuance passait peut-être au-dessus de l'entendement de Soulage ; mais il était sensible aux périodes bien balancées.

— Ça ira, m'sieur Bardin, dit-il. Mais faut bien dire ce qu'il faut dire, pas vrai ? Si j'avais point discuté, vous auriez pensé : le père Soulage, il est fini !

Bardin était aussitôt redevenu le bonhomme cordial. Il avait frappé sur l'épaule de Soulage.

— Vous êtes un vrai Normand, père Soulage. Mais...

Et, il se désigna en clignant de l'œil.

— ... moi aussi !

Il sortit jusqu'à la ruelle, jeta un coup d'œil à droite et à gauche, et fit signe à Soulage que le chemin était libre.

Comme la camionnette passait à sa hauteur, Bardin ajouta, très digne :

— Mes condoléances, pour le deuil qui vous frappe !

— Bien le merci à vous, fit Soulage, non moins digne. C'est la vie !

Pierrot et Bardin, debout dans la venelle, suivirent un instant du regard la voiture qui s'éloignait ; puis Bardin poussa une porte, de l'autre côté de la ruelle. On tombait sur les arrières de l'auberge, dont on voyait la cuisine illuminée.

— Viens, Pierrot ! On va boire un pot !

La courette resta silencieuse un instant. Puis la vitre de la cabine du vieux « deux-tonnes » se baissa, un mégot aux trois quarts consumés fila dans l'air et vint s'écraser en courte gerbe d'étincelles sur le pavé.

*

La soirée était calme à l'auberge Bardin.

Il y avait trois tables : deux V.R.P. qui s'ignoraient et un couple indifférent pour qui on avait fait marcher la terrine et les rognons du chef à la normande.

Les Bardin étaient gens avisés. Depuis la reconstruction ils avaient acheté l'ancien « Relay du Duc », genre d'hostellerie à lettres gothiques qui était tombée à zéro. Ils avaient appelé ça tout bonnement « Chez Bardin », avaient supprimé le bar, agrandi le café, renvoyé le chef à ses chères tomates et réajusté les prix.

L'affaire était redevenue viable, de celles qui roulent toutes seules, sans superbénéfices, mais sans frais.

La mère Bardin dirigeait cela depuis la salle de café, où les routiers avaient le casse-croûte.

Deux gars étaient là, saucissonnant devant la télévision. Ils tournèrent à peine la tête à l'entrée de Bardin et de Pierrot.

Bardin les salua d'un cordial : « Ça ira, les gars ? », à quoi ils répondirent par un grognement.

— Rousseau est là ! dit la mère Bardin, confidentielle.

— Sers quelque chose à Pierrot, fit seulement Bardin. Je reviens.

Il traversa le couloir, poussa la porte d'une petite pièce du genre cabinet particulier, un reliquat du « Relay du Duc », avec des boiseries, de la vaisselle de cuivre et un superbe alambic du même métal, monté sur un bahut, comme une pièce de musée.

Deux hommes et une femme étaient attablés devant une omelette rapide, sur un coin de la grande table de banquets. Des cartes Michelin étaient étalées. L'un des hommes, fourchette à la main, en pointait une du bout d'un gros crayon bleu.

Il était massif, le cheveu dru, les tempes grisonnantes. Il avait un veston de tweed d'excellente qualité et fort bien coupé. Bardin lui tendit la main.

— Bonjour, Rousseau !

— Salut !

La jeune femme bâfrait fort élégamment. Elle avait le corsage plein, le regard insolent des jouisseuses. Ce fut elle qui dit, un peu trop princière :

— Bonsoir, Bardin !

— Chère madame, mes hommages !

C'était un peu officiel, sans chaleur ; des gens qui traitaient des affaires, un point, c'est tout.

L'autre homme, même pas présenté, s'était mis à étudier la carte annotée. Il n'y avait que deux couverts, lui ne mangeait pas.

— J'ai le complément, dit Bardin. J'ai même trois fûts immédiatement disponibles. Six cent dix litres en soixante-seize ; si ça vous intéresse.

— Deux cinquante ! fit seulement Rousseau.

— Deux soixante ! dit Bardin.

L'homme non présenté leva la tête et émit une objection à Rousseau.

— Marcel, on ne peut pas prendre plus de deux cents litres.

— On prendra ce que je veux ! fit Rousseau sans forcer.

— On va avoir les amortisseurs à la retourne ! On est déjà au maxi.

— Laisse tomber, dit la femme. Marcel sait ce qu'il veut !

— Je veux rendre service à mon ami Bardin, dit Rousseau. On va le débarrasser de cette marchandise compromettante.

— Deux soixante ! répéta Bardin. La marchandise ne m'embarrasse pas.

— Il me fatigue ! dit Rousseau. Je ne vais pas discuter pour deux ronds. Mais pour ce prix-là, faut m'aider à charger.

— Ça se peut, dit Bardin.

*

Pierrot renfila sa veste.

Les trois tonneaux étaient montés sur le camion, où plus un pouce ne restait libre.

— Un beau chargement ! apprécia-t-il.

— Deux mille quatre cents litres, dit Roger.

— On a fait mieux, renchérit Fernand ; mais sur un vieux zinzin comme ça, c'est le maxi !

— Vous passez par où ?

Les deux hommes du trafic étaient cordiaux, allongeant même le paquet de cigarettes vers le petit gars du coin qui les avait aidés. Mais pour le reste, il ne fallait pas trop leur en demander.

— Secret ! On a plusieurs itinéraires. C'est m'sieur Marcel qui nous fait le devant, dans sa D.S. Il nous préviendra, au fur et à mesure.

— Comment ça ? demanda Pierrot. Il vous met des flèches sur la route ?

Roger haussa les épaules, l'appel vers la cabine.

— Viens voir !

Ce qu'il voulait montrer c'est bien ce que Pierrot s'attendait à voir : un walkie-talkie de l'armée, un petit poste radio, émetteur-récepteur.

— Tu piges le progrès ? fit Roger. Ce n'est plus

de la bricole de petit ramasseur de fins fonds. Ça devient sérieux.

— Je vois, dit Pierrot, connaisseur. Mais si ça vous vient sur les arrières, vous êtes chocolat !

— Ne t'y fie pas trop, dit Fernand. On est des vicieux !

Il montra, à l'arrière du camion bâché, un coin réservé entre deux tonneaux.

— Là, c'est le poste du mitrailleur !

Pierrot sifflota. La chose allait encore plus loin qu'il n'avait pensé.

— Vous avez des armes ?

Les autres éclatèrent de rire.

— Et comment !

Fernand prit une petite caisse et l'agita ; elle rendit un son de ferraille remuée.

— Une poignée de ça sur la route, c'est radical. Les pneus passent de vie à trépas.

Il prit en main une espèce de longue seringue de jardinier.

— Et voilà le canon ! annonça-t-il. C'est prêt à cracher du fuel ! T'as déjà eu du fuel sur ton pare-brise, petit gars ? Je te jure que ça refroidit les ardeurs guerrières !

— Je vois ça ! dit Pierrot.

Il était rêveur. Il avait entendu dire que l'alcool clandestin, ramené à quarante-cinq degrés se revendait à Paris entre quatre et cinq cents francs le litre... Un rapide calcul lui démontrait que ce chargement, s'il arrivait à bon port, allait procurer un bénéfice net d'un million et demi pour ce simple voyage Domfront-Paris... Un vrai métier de grand seigneur !

— Chapeau ! fit-il. Il y a de l'embauche ?

— Non ! fit une voix brève.

Pierrot se retourna : c'était la forme massive de Rousseau qui entrait dans la cour avec Bardin.

Lourd, mais d'une certaine élégance, surtout à côté de Bardin un peu avachi, et de Roger et Fernand nettement utilitaires, Rousseau avait pris l'air sarcastique de l'homme fort qui dédaigne de se fâcher. Il s'était approché, toisant Pierrot, un peu maquignon.

— C'est toi, d'après ce que me dit Bardin, qui viens de mettre les contrôleurs locaux dans la vase ?

— On fait ce qu'on peut, dit Pierrot, faussement modeste.

— C'est gentillet, dit Rousseau, condescendant. Moi, j'en suis pour la douceur. Mais parfois, il faut faire preuve d'initiative.

Il s'adressa à Roger, plus autoritaire.

— Prends le combiné, toi ! Mme Solange est dans la D.S. et va t'appeler.

Roger s'enferma dans la cabine et se coiffa du casque. Rousseau fit le tour du camion, vérifia l'arrimage.

— On aurait intérêt à ne pas dépasser le soixante-dix, dit prudemment Fernand.

— Ne t'inquiète pas, dit Rousseau. Je te ferai le devant, à la papa.

— Autant mettre deux heures de plus, et y arriver ! approuva Fernand.

Il avait en main les cartes Michelin annotées.

— Si seulement on pouvait faire le tracé bleu, de bout en bout, dit-il. Le noir est moins roulant. Et avec le rouge, on risque de caler dans les grimpettes.

Rousseau haussa imperceptiblement les épaules.

— Tu penses trop, Fernand !

À ce moment, Mme Bardin parut à l'entrée de la cour.

— Monsieur Rousseau !... Téléphone !...

— Merci, madame Bardin, dit aimablement Rousseau en consultant son bracelet-montre.

Il sortit derrière elle.

Fernand fit signe vers la cabine. De l'intérieur, Roger mit le moteur en marche.

Le téléphone était sur le comptoir, et les deux routiers étaient toujours là, à regarder la télévision.

Rousseau prit l'appareil et dit :

— Bonsoir, cher ami !

Puis il écouta, durant moins d'une minute, dit trois fois oui, nota quelques mots sur un calepin, remercia :

— À très bientôt, cher ami ! Mes hommages à madame !

Et il raccrocha.

À l'entrée de la cour pavée, la D.S. s'arrêta silencieusement, et la jeune Mme Solange abaissa la vitre.

Elle regarda Pierrot, sans baisser les yeux. Elle était belle, et le savait. Pierrot fit un complexe de provincial, essaya de gouailler :

— Avec un petit chauffeur comme ça, je me passerais de femme !

— Ne te fatigue pas, dit la fille. Ce n'est pas du mouron pour ton serin.

Rousseau, qui arrivait, eut un éclat de rire rentré. Il fit un signe :

— On s'en va !

Il tendit la main à Bardin.

— Qu'est-ce que c'était, dit celui-ci, faussement candide. Le demandeur qui confirme ?

Rousseau eut un geste évasif.

— Oh ! les demandeurs, ce n'est pas ce qui manque !... Mais, voyez-vous, Bardin, quand on fait la guerre, il faut être au courant des mouvements de l'ennemi.

Il s'approcha de la cabine du camion, plus confidentiel.

— On évite Argentan. Et puis, tracé bleu jusqu'en Seine-et-Oise.

Fernand cligna de l'œil.

— Aux pommes !

Rousseau revint alors vers la D.S. à la sortie de la cour. Il regarda Pierrot avec bienveillance.

— Tu vois, petit, ce soir on affiche complet. Mais à l'occasion, je ne dis pas non.

Il désigna le camion qui ployait sous la charge.

— Trouve-toi un vieux coucou comme ça, et je te fais travaille !... Sais-tu combien ils vont palper ces deux gars-là pour une petite nuit de travail ? Quatre-vingts sacs !... C'est coquet, non ?

Quelque chose gênait Pierrot ; peut-être le regard ironique et froid de la jeune femme ?... Il y eut un court silence et on eut l'impression un moment que Marcel le Magnifique allait faire ce qu'on appelle en argot de scène : un bide.

Mais Pierrot se sentit poussé du coude, tandis que Bardin mettait de l'huile.

— Sûr qu'il dit oui ! Sacré Pierrot, il en reste tout coi !

— Je vais y penser, dit Pierrot, sérieux.

Rousseau était de bonne humeur ; il lui frappa cordialement l'épaule.

— Un vrai gars normand, hein ? Ni oui, ni non ! On se reverra, gars Pierrot !

La jeune femme au volant avait pincé les lèvres, vacharde.

— Ça écorcherait sa jolie frimousse de dire merci ?

Rousseau ouvrit la portière, repoussa Solange, soudain lourd d'autorité.

— Complique pas ! Allez, pousse-toi !

La D.S. démarra lentement et tourna le coin de la venelle, sur la route de Paris.

Presque aussitôt, le camion démarra à son tour, lourd, gémissant, écrasant le pavé. Il braqua à fond pour sortir de la cour, emplit la largeur de la ruelle à quelques centimètres près, feux rouges trépidants, aspect déglingué, et laissant incontestablement derrière lui une odeur d'huile lourde et de gniaule.

*

— Pourquoi n'as-tu pas dit oui ? demanda Bardin.

— Je n'ai pas dit non, remarqua Pierrot.

Ils étaient revenus dans le petit cabinet à boiseries. Bardin alignait des billets sur la table : règlement.

— Je suis peut-être un gars de la cambrousse, dit Pierrot, mais je comprends vite. Rousseau, ce n'est pas pour ma bonne mine qu'il veut m'engager.

— C'est parce que tu es débrouillard, dit Bardin.

— Non. C'est pour vous court-circuiter. Et moi, ça me gêne, parce que c'est vous qui m'avez mis en relation avec lui... Ce qu'il voudrait surtout, c'est le ramassage direct à son compte, sans intermédiaire.

— T'es pas bête, dit Bardin.

Il ne paraissait pas ému outre mesure.

Il avait sorti deux petits verres et les remplissait pour trinquer. Il leva le sien, amical.

— Tu crois que j'ai fait mon temps, hein, Pierrot ?

— Je n'ai jamais pensé ça, m'sieur Bardin, protesta Pierrot.

Le petit alambic de cuivre brillait à la lumière, juché sur son bahut de parade. Pour se donner une contenance, car il avait une chose grave à dire,

Pierrot était allé le gratter du doigt, machinalement.

— La guerre dans le bled, ça m'a mûri, dit-il. Je ne vois plus les choses comme avant. Je sais que tout change, monsieur Bardin, et toujours plus vite qu'on ne croit. Ainsi pour nous, je crois que...

— Attends ! coupa Bardin, de plus en plus paternel. Tu veux dire que la tendance est maintenant d'aller au plus direct : du producteur au consommateur ?

— Je crois que c'est l'avenir, admit Pierrot.

— Eh bien, dit Bardin, moi aussi, je flaire l'avenir. Seulement voilà, Pierrot, un bon circuit de ramassage, ça ne s'improvise pas ! Ce n'est pas pour nous vanter, mais notre région est sans doute, et de très loin, la championne de production d'alcool clandestin. Crois-tu que ce soit par hasard ?

— On a des pommes, dit Pierrot.

— On a surtout des hommes, Pierrot ! Des hommes qui veillent à ce que depuis des générations, tout ce qui a la moindre autorité dans le pays nous soit favorable : députés, conseillers, sous-préfets, et les docteurs, et les curés, et jusqu'aux brigadiers de gendarmerie. On veille, non pas à ce que tout le monde soit complice, mais à ce que tout le monde soit tolérant. On y veille, et on y réussit ! N'oublie jamais ça, Pierrot !

Bardin s'était mis à marcher de long en large, petit verre à la main. Pierrot avait fini par s'asseoir, subjugué par la gravité de l'aubergiste. Celui-ci avait des dons pour l'éloquence, c'était certain. Et ses ambitions plus ou moins avouées pour la politique, n'étaient pas dénuées de tout fondement.

— Puis-je te rappeler, continuait-il, que l'article 318 du Code général des impôts interdit formellement aux bouilleurs de cru la distillation à domicile ? Cet article de loi est à peu près respecté dans toute la France, dans tous les départements... sauf chez nous, Pierrot !

Il s'était arrêté, debout, frappant du poing sur le bahut à l'alambic et Pierrot, assis, pouvait le voir de contrebas, plus grand que nature, presque formidable.

— Chez nous ! Et seulement chez nous, charbonnier est maître chez lui ! Toi, ton père, tes voisins, chaque paysan de cette région est un seigneur, un seigneur de la goutte, pour qui l'article 318 n'existe pas ! Ailleurs, à cinquante kilomètres d'ici, on instrumente, on perquisitionne, on constate... Mais chez nous, l'autorité ne s'y risque même plus, car ils savent bien, en haut lieu, que la moindre atteinte à ce droit de seigneur occasionnerait immédiatement une mobilisation générale, une émeute !

— Je sais, dit Pierrot.

— Ce que tu ne sais pas, dit Bardin, c'est que tout cela n'est pas aussi spontané qu'on imagine. Il faut des hommes pour veiller au grain, et, sans m'en croire davantage, je suis un de ceux-là !

Il vida son verre d'un coup, s'essuya la moustache d'un revers de main, et redevint le bonhomme Bardin.

— Tu vois, Pierrot, ce n'est pas de Paris qu'on peut diriger cela. Des Rousseau qui ont prétendu me passer par-dessus les épaules, j'en ai connu quelques-uns, crois-moi ! Ça ne va jamais bien loin. Les Rousseau, ça passe, moi, je demeure !

— Mais alors, demanda Pierrot, pourquoi m'avez-vous poussé dans ses bras ?

Bardin repoussa les reliefs du repas d'omelette et s'assit sur un coin de la table.

— Parce que je flaire l'avenir, dit-il. L'avantage de Rousseau, c'est d'avoir à Paris des acheteurs qui lui prennent la marchandise par dizaines d'hectolitres... Eh bien, supposons qu'un petit gars de chez nous entre dans son circuit. S'il est débrouillard et intelligent, il finira bien par connaître un jour quels sont les acheteurs ?... Et quand on saura ce qu'on veut savoir, eh bien, crois-moi, ça ne pèse pas lourd, un Rousseau !... Et alors, c'est nous qui l'appliquerons la formule : directement du producteur au consommateur ! Avec tous les bénéfices que cela comporte !

Pierrot paraissait perplexe. Il avait porté le petit verre à sa bouche... Il hésita un moment, puis le reposa sans y avoir touché.

Bardin fit une grimace et remarqua, sans se fâcher :

— Je vois !... Tu refuses.

— Ce n'est pas ça, dit Pierrot. Mais je ne vends pas la peau de l'ours, compère !... Vous me donnez à combattre un homme à redouter ; faut que je commence à soigner ma forme ! Régime boxeur ! Fini, la goutte !

— Mais... C'est de la bonne ! fit Bardin avec un léger reproche.

— Raison de plus ! fit Pierrot, définitif.

Bardin hésita une seconde, puis lui colla une bourrade, reprenant l'accent du terroir :

— Cré nom, toi, gars, t'es 'core plus malin que je créyais !

*

À croire que le chêne était noir comme ébène, tant le bois des pupitres était sombrement luisant. Sculptures en moins, cela ressemblait aux rostres des cathédrales, polis par six siècles de sueur humaine.

L'école libre de Nomville n'avait pas six siècles d'existence, sans doute, mais elle était tout de même d'âge respectable.

Seuls, les cabinets à la turque, par ailleurs prodigieusement dégoûtants, sentaient, entre autres choses, le XIXe siècle. Le reste, depuis les pierres disjointes, jusqu'au pupitre de la maîtresse d'école, tailladé au couteau comme une table de métayer, en passant par les bancs vingt fois rechevillés, tout aurait fait les délices de l'antiquaille. Pays de vieille civilisation !

Marie-Anne dominait sa classe, vingt-sept tignasses penchées sur les cahiers. À Nomville, de tradition, les filles allaient à l'école libre, les garçons à la laïque. Coexistence non pacifique.

Les tignasses se départageaient en noires, et en moins noires ; les moins noires étant celles des blondes descendantes des Vikings, non arrivées encore à l'âge du shampooing.

Depuis huit jours qu'elle était là, la nouvelle « demoiselle » de l'école n'avait pas encore eu le temps de s'habituer. La première classe d'épouillage lui avait paru d'abord comme une séquelle des temps anciens. Mais on ne pouvait faire à la directrice, Mlle Dhozier, le grief de pratiquer l'hygiène comme une douce manie. Non. Il y avait seulement des choses honteuses, et d'autres qui ne l'étaient pas.

Avoir des poux ? Pouah !... Mais sentir le rance était péché véniel. Quant à se laver la tête autrement que par la bonne pluie du bon Dieu, Marie-Anne se demandait si, précisément, ce n'était pas là que commençait le péché de coquetterie.

La jeune fille comprenait seulement les paroles de M. l'Archiprêtre, pas précisément un jouvenceau, lui dépeignant sa future directrice comme une personne hautement qualifiée, « pratiquant des méthodes qui pouvaient paraître désuètes, mais qui s'avéraient admirablement adaptées au pays »...

En un mot comme en cent, l'école de Nomville semblait ne pas avoir subi de modifications depuis Charlemagne.

Marie-Anne aurait aimé y faire passer un souffle

nouveau. Mais comme dit le poète : pour être moderne, il faut être deux !

Elle s'était étonnée des méthodes de discipline de la Dhozier : gifles, coups sur les doigts, piquet les bras en croix, et tout l'arsenal enfin que les manuels de psycho, ultramodernes comme il convient, fustigent sous le nom de « manifestations sadiques ».

Mlle Dhozier était-elle sadique ? Marie-Anne avait compris que, si elle se posait le problème de cette façon, elle allait passer une année épouvantable. Elle préféra présenter la vérité sous un autre angle. Elle comprit qu'à part quatre ou cinq « phénomènes » qui pouvaient être considérées comme normales, toutes ses élèves étaient, au sens exact du terme, des abruties. Et elle put se mettre à les aimer.

Mais une autre épreuve arriva ce matin-là dans un bruit de pupitre. Parfois un pupitre se levait et une élève fouillait dans sa case, pour un oui ou pour un non. Marie-Anne, qui ne connaissait pas encore bien les gosses par leur nom, hésitait pour les interpeller.

Mais cette fois, elle fut intriguée. Le pupitre de Marie-Jeanne Lecorre venait de se lever, lui masquant l'élève, mais, dépassant, elle pouvait voit le cul d'une petite bouteille qui surgissait par instants. D'autres élèves, derrière et sur les côtés, regardaient et pouffaient silencieusement et bêtement.

— Marie-Jeanne !

Le cul de bouteille disparut ; il se passa un petit moment, puis le pupitre se rabattit...

— Moi, m'selle !

— Qu'est-ce que tu faisais ?

— Rien, m'selle !

Fous rires étouffés, complicité grasse.

— Veux-tu m'amener la bouteille que tu tenais ?

— C'est ma bouteille pour la collation, m'selle !

— Amène-la-moi !

Marie-Jeanne avait pris sa bouteille dans son pupitre, un genre de bouteille de sirop d'un demi-litre, avec un bouchon vissant. C'était moitié plein d'un liquide brunâtre, qui faisait des bulles hexagonales comme un réseau d'abeilles.

Marie-Jeanne était plutôt du genre pruneau, noire, longue, l'œil dit effronté et qui était surtout remarquablement stupide, mais après tout, pas sotte ; on la mettait plutôt parmi les bonnes. Elle riait bêtement, en se dandinant.

— Qu'est-ce que c'est que ça ?

— Du café, dit-elle.

Marie-Anne déboucha la bouteille, renifla.

— Mais, ça sent la goutte !

— On en met un peu, avoua la petite.

— Un peu ?... Tu veux dire que c'est de la goutte pure, avec un peu de café, pour donner cette teinte indéfinie.

— Dame, fit la petite. On n'est point des pauvres.

Elle ne l'avait pas fait exprès, mais elle gagna le rire de la classe. Marie-Anne sentit qu'elle jouait son autorité. Elle se leva.

— Silence ! Tout le monde bras croisés !

Docile, la classe obéit comme un seul homme. La jeune institutrice reboucha la bouteille et s'adressa à la gamine.

— Viens ! Nous allons voir Mme la Directrice.

Marie-Jeanne eut une ébauche de geste du bras, comme pour se protéger, mais bravement, elle suivit.

Le couloir était sombre et sentait la serpillière mal rincée. Tout dans cette école sentait d'ailleurs une vieille odeur grand siècle. On mettait parfois les grandes à passer « la Javel », rien donc n'était positivement sale, mais tout était pourri.

La classe des petites avait une porte-fenêtre qui éclairait l'extrémité du couloir. Marie-Anne frappa, entra.

Mlle Dhozier était au tableau noir, en train d'expliquer à la classe les mystères des pleins et des déliés. Elle posa la craie.

— Oui ?

— Madame la Directrice, pourrais-je vous parler un instant ?

Mlle Dhozier avait regardé le visage grave de son adjointe, puis la petite bouteille qu'elle tenait à la main. Elle fit une mimique d'incompréhension, puis tonitrua vers la classe :

— Debout hors des bancs, mains-z-au dos, silence !

Les petites se levèrent avec un ensemble parfait, magnifiquement dressées ; elles s'immobilisèrent de chaque côté des tables, mains au dos, respectueuses et n'en pensant pas moins. Mlle Dhozier eut un bref coup d'œil sur son triomphe, et fit à Marie-Anne signe de sortir.

Dans le couloir sombre, elle se heurta à la gosse.

— Qui c'est qu'est là, donc ?

— Marie-Jeanne Lecorre, m'ame la Directrice.

— Et qu'est-ce que t'as donc fait, 'core ?

— Je viens de lui confisquer une bouteille pleine d'alcool, fit la jeune institutrice.

— Ah ! dame ! fit la Dhozier.

Elle les poussa vers le petit escalier de cinq marches qui conduisait au préau couvert. À la lumière du jour, elle prit la bouteille, en huma le contenu et se tourna vers Marie-Anne.

— Qu'est-ce qu'elle a donc fait, avec ça ?

— Elle buvait derrière son pupitre.

Pif ! Paf ! La petite reçut deux calottes maîtresses auxquelles elle s'attendait visiblement, mais qu'elle para mal, surprise par la prestesse. Elle ne pleura pas, elle avait payé ; elle parut plutôt soulagée.

Mlle Dhozier y alla de son coup de gueule, très digne.

— Je ne veux point de ça, tu m'entends, garce ! Je veux que personne ne manque de respect à mademoiselle ! Tu pouvais-t'y point attendre jusqu'à midi, donc ?

Elle lui rendit la bouteille :

— Tiens, rentre ça ! Et ne recommence point, tu m'entends !

— Oui, m'ame la Directrice.

Marie-Anne observait la scène comme si elle était sa propre spectatrice. Elle avait comme une suffocation intérieure. Elle vit la petite repartir aussitôt sans demander son reste. Elle entendit encore la vieille et cordiale Mlle Dhozier lui dire amicalement :

— Vous avez eu raison. Je veux que ces enfants vous respectent.

— Mais, commença Marie-Anne. Je crains qu'il y ait un malentendu. C'est à moi-même de me faire respecter, je crois... Mais il s'agit là d'une faute grave. Dans la bouteille que vous lui avez rendue, il y a de l'alcool !

Mlle Dhozier s'était un peu raidie. Elle fit, volontairement incompréhensive :

— Oui ?

— C'est strictement interdit ! fit Marie-Anne, un peu blanche, mais prête au combat.

— Ce sont les parents qui donnent aux enfants, dit Mlle Dhozier, un peu pincée.

— En ce cas, les parents ont tort. Mais si nous ne pouvons faire l'éducation des parents, nous pouvons du moins faire celle des enfants.

— Jusqu'à présent, personne ne s'est plaint de l'éducation que nous donnons ! fit la directrice, de plus en plus pincée. Voilà bientôt trente ans que je suis ici, ma petite. Je ne sais point ce qu'on fait à Paris ; mais je sais ce qui convient aux gens du pays !

— Comme vous voudrez ! dit Marie-Anne, très raide. Mais je suis venue ici pour faire une classe, pas pour tenir un bistrot. Il n'entrera pas une goutte d'alcool dans ma classe, je tiens à vous le préciser ! Et la bouteille de Marie-Jeanne, je la confisque personnellement !

— Faites ! dit la directrice. Mais vous en prenez la responsabilité.

— Entière !

Marie-Anne rentra dans sa classe. En apparence, personne n'avait bougé. La petite Marie-Jeanne avait déjà regagné sa place et la bouteille était de nouveau dans son pupitre. Une diffuse odeur d'alcool flottait dans l'air.

— Que celles qui ont des bouteilles lèvent la main !

Il y eut un temps d'inertie, puis une main se leva, une autre... Toutes les élèves avaient des bouteilles.

Marie-Anne s'adressa à la plus grande, la Madeleine Saoul qui préparait le certificat.

— Qu'est-ce que tu as dans ta bouteille ?

— Du café, mademoiselle.

— Avec de la goutte ?

— Oui, mademoiselle. C'est rapport à la grippe.

— Tu as la grippe ?

— Non, c'est pour qu'elle vienne pas.

Marie-Anne n'insista pas, passa à la seconde, Monique Romphaire.

— Tu as de la goutte dans ton café ?

— Oui, mademoiselle.

— Pourquoi ?

— J'sais pas, dit Monique. Sans ça, le café il serait pas bon à boire. Le café, c'est de l'eau noire.

— C'est toi qui prépares ta bouteille ?

— Non, c'est maman.

— Qu'est-ce qu'elle met ?

— Une tasse de café, une tasse de goutte, tiens !

Marie-Anne se prit la tête dans les mains. Elle s'attendait au pire, mais le pire lui semblait être dépassé.

— Y en a-t-il une parmi vous, demanda-t-elle, qui ait autre chose que du café et de la goutte dans sa bouteille ?

Il y eut un long silence, puis la grande Madeleine Saoul résuma la situation avec gentillesse.

— Y a point de pauvre dans la commune !

— Debout !

Dans un bruit de galoches remuées, toute la classe se leva, docile. La jeune maîtresse semblait avoir une nouvelle résolution dans le regard.

— Que chacune prenne sa bouteille ! Colonne par une ! Premier rang, en avant !... Direction de la cour !

Les filles commencèrent à marteler le sol de leurs galoches. Marie-Anne avait trouvé cela dès le premier jour ; ça marchait à la baguette... Une, deux, une, deux... Générations de dressage.

Le couloir s'emplit du martèlement des pieds, plus claquant, plus sec, sur les cinq marches de granit ; plus enrobé, plus résonnant dans le préau couvert... Le serpent des vingt-sept élèves, tenant chacune sa bouteille à la main, pénétra dans la cour pavée.

La colonne prit l'équerre comme à l'habitude au-delà des trois marronniers et s'arrêta au commandement.

À la classe des petites, Mlle Dhozier avait ouvert la fenêtre et regardait, béate, frileuse et engoncée.

— Tournez-vous toutes vers moi ! commanda Marie-Anne, très girl-scout.

Les petites se tournèrent.

— Débouchez vos bouteilles !

Avec quelques murmures et rires étouffés, les fillettes débouchèrent.

— Renverse le contenu sur le pavé !

Cette fois, il y eut une stupeur molle d'incompréhension.

— Je me fais comprendre ? répéta Marie-Anne. Renversez vos bouteilles. Elles contiennent du poison ! Du poison !

Il y eut un début de murmure indigné, mais Marie-Anne était décidée à ne pas se laisser dépasser.

— Silence !

Ce fut Mlle Dhozier qui attaqua, de sa fenêtre.

— C'est-y que ma montre marche point ? C'est point l'heure de récréation.

Rompant les ponts, Marie-Anne décida de ne pas tenir compte de sa présence. Elle s'adressa aux élèves.

— En application de la circulaire ministérielle du 8 août 1956, dit-elle, je dois veiller à ce que pas une seule goutte d'alcool n'entre dans l'école !

Elle prit la bouteille de Monique Romphaire qui

se trouvait près d'elle et la renversa sur le sol. Il y eut un long murmure scandalisé. Monique protesta à mi-voix.

— C'est point du poison, c'est de la nôtre !

— Rigoureusement interdit jusqu'à l'âge de quinze ans ! fit Marie-Anne à pleine voix.

Les élèves s'étaient tournées vers la directrice, comme pour l'appeler au secours ; mais la vieille demoiselle, subjuguée par ce coup d'audace, était devenue blême et refermait sa fenêtre.

— Je veux point voir ça !

— Renversez ! ordonna Marie-Anne.

Privées de soutien, sans volonté, les fillettes renversèrent. Des filets d'eau brunâtre et odorante se filèrent à travers les pavés. Toutes les élèves regardaient, consternées.

— Je suis désolée, dit Marie-Anne. Mais vous voudrez bien dire à vos parents que, chaque fois qu'il entrera une seule goutte d'alcool dans cette école, elle sera renversée sur ces pavés ! C'est bien compris ?

Silence.

— M'avez-vous compris ? répéta Marie-Anne. Répondez !

— Oui, mademoiselle, firent en chœur les élèves, mornes.

Chacune tenait à la main sa bouteille inutile ; vingt-sept âmes en peine. Madeleine Saoul se rebiffa, à mi-voix :

— N'a plus le droit d'avoir soif, donc ?

— La soif est un droit sacré, fit Marie-Anne. Et

il n'y a pas de meilleure boisson que l'eau pure, pour étancher la soif !

Elle comprit un peu tard qu'elle était un rien solennelle et inopérante. Les fillettes la regardaient sans rien dire, mais elle les sentait profondément hostiles. Elle perdit pied. Il aurait peut-être fallu, après ce petit coup d'éclat primesautier, jouer l'autorité à fond. Elle se déconsidéra en tentant de s'expliquer ; erreur d'universitaire.

— J'agis pour votre bien, dit-elle avec douceur. Quand vous le comprendrez, vous m'en serez reconnaissantes. Vous êtes toutes ici les descendantes d'une race qui est l'une des plus belles du monde, une race de conquérants, de constructeurs, de découvreurs, d'artistes... Mais croyez-vous donc qu'on mettait de la goutte dans le biberon de Guillaume le Conquérant ?... Non ! Il buvait de l'eau pure de nos sources et de nos rivières...

— ... l'est folle ! murmura une fillette.

Tout le monde l'entendit. Et Marie-Anne aussi l'entendit. Ça s'était dit dans le groupe des grandes, celles de la classe du certificat. Était-ce Marie-Jeanne, Monique, Madeleine... ? Convenait-il de feindre n'avoir rien entendu ?...

— Qui donc a quelque chose d'intelligent à dire ? interrogea-t-elle agressivement.

Silence.

— Personne ?... Eh bien, je ne force nullement la vérité en vous disant que ça ne m'étonne pas !... Mais regardez-vous ! Regardez donc où elle en est, la belle race conquérante ! Savez-vous donc où se place maintenant le record d'entrées dans les hôpitaux psychiatriques ?... Ici même ! Dans votre belle région, le record des fous furieux, le record d'abrutis par la goutte !

Elle sentait grandir la sourde hostilité, et elle savait qu'elle s'y prenait mal, trop de front, péché de jeunesse. Mais elle était partie...

— Vous voulez donc toutes devenir comme la Françoise qu'on a enterrée il y a huit jours ?... Dois-je penser que sur vingt-sept fillettes de ma classe, il y en aura cinq ou six qui finiront un jour comme cela : abruties de goutte, gonflées, la tête dans l'eau !... Non, non !

L'image, si elle laissait les fillettes indifférentes, frappait Marie-Anne elle-même dans son imagination. Elle joignit les mains, dans un amour vrai pour ces gamines.

— Oh ! aidez-moi ! Toute seule, je ne peux rien pour vous. Il faut m'aider. Il faut vouloir aussi.

Aucune réaction, bien sûr. Et elle comprit qu'en un bref espace de temps, elle venait d'accumuler toutes les maladresses.

— Demi-tour !... Vers la classe, en avant !...

Le martèlement reprit.

Dans la cour, plusieurs petites mares noirâtres s'étaient formées entre les pavés.

*

Le repas de midi avait été pénible. D'un accord tacite, ni Marie-Anne, ni Mlle Dhozier n'avaient développé l'incident. Mais ni l'une ni l'autre ne s'y trompait : le fer était engagé. Querelle des anciens et des modernes.

Mlle Dhozier était rude, résolument retardataire, et âprement bigote. Elle régentait le pays depuis près de trente ans et avait l'habitude de former ses adjointes en trois coups de cuiller à pot.

Elle n'avait jamais trouvé personne pour lui résister. Et le vieux curé Hulin lui-même, après avoir baroudé durant les cinq premières années, avait fini par se laisser « asphyxier ».

Trouver un caractère en face d'elle n'était pas pour lui déplaire ; à condition, bien sûr, de finir par le dominer.

Le repas s'était terminé par un verre de café arrosé : un fond de café, le reste de goutte, et le cruchon sur la table pour compléter au fur et à mesure.

Mlle Dhozier, suave, avait dit à Charlotte :

— N'en mets surtout pas à mademoiselle : ce n'est pas dans les idées de Paris.

Marie-Anne avait réagi.

— Il ne s'agit pas seulement de Paris, mademoiselle Dhozier, il s'agit du problème de l'alcoolisme.

— Je ne discute pas ! avait coupé Mlle Dhozier avec une douceur un peu trop angélique... Dites-moi, que vais-je bien répondre aux parents de vos élèves, quand ils vont s'étonner de votre geste ?

— Vous me les enverrez ! dit bravement Marie-Anne.

Mlle Dhozier avait simplement souri, et le repas

s'était achevé dans un silence lourd comme une tenaille.

Marie-Anne comprit qu'il lui faudrait affronter le repas du soir dans les mêmes conditions. Elle préféra se donner du large, parut se souvenir soudain :

— Au fait, j'ai l'intention d'aller me signaler à mon cousin Augereau, à Domfront, sitôt après la classe. Peut-être serais-je retenue à dîner...

Mlle Dhozier avait poussé davantage encore son sourire.

— Dans une école libre, c'est bien le moins qu'on soit libre !

Et Marie-Anne remarqua que, lorsque Mlle Dhozier surveillait ses expressions, elle trouvait l'accent du grand siècle.

*

Marie-Anne avait emprunté la bicyclette à moteur de Charlotte et s'était lancée sur la route de Domfront. Mais pourquoi n'avait-elle pas jeté un coup d'œil au réservoir, avant de partir ?

Au milieu d'une côte longue et sinueuse, le petit moteur toussota et s'arrêta. Marie-Anne constata, mais un peu tard, qu'elle était à sec et qu'elle avait encore huit kilomètres de montagnes russes avant d'arriver à Domfront.

Poussant son engin à la main, elle commença la grimpette à pied.

Et puis il y eut un bruit, un bruit énorme et

rageur de quadrimoteur qui file en rasemotte. Marie-Anne se retourna et leva les yeux malgré elle. Mais cela se passait tout bonnement sur la route : un camion qui s'était lancé à bloc dans la descente précédente et remontait la côte en profitant de la vitesse acquise, couinant dans les virages, excessif.

Elle le vit réapparaître à un tournant : un vieux camion, pas fait pour le sport. Elle était à cent lieues de penser à lever la main pour demander de l'aide. Le camionneur avait l'air pressé : qu'il file !

Mais le camion décoloré freina à sa hauteur, par à-coups grinçants, et s'arrêta vingt mètres plus loin. La tête de Pierre Soulage parut joviale.

— Alors, la demoiselle ? En panne ?

Marie-Anne le reconnut. Aujourd'hui, Pierrot avait l'air bien cordial et il aurait été absurde de jouer les « bêcheuses ».

— Plus d'essence, fit-elle. Quand on n'a pas de tête, il faut avoir des jambes.

— Vous allez où ?

— Domfront.

— Eh bien, à ce train-là, vous n'êtes pas rendue !

— Vous pourriez peut-être me céder un peu de mélange ?

— Ce serait difficile, dit Pierrot en sautant à terre. Mais on peut faire mieux.

Marie-Anne était arrivée près de lui. En jeune gars désireux de bien montrer sa force, il prit le vélomoteur et en hissa les trente kilos à l'arrière du camion.

— Comment va le cousin Augereau ? questionna-t-il, demi-gouailleur.

— Je n'en sais rien, dit la jeune fille. Depuis huit jours que je suis ici, je n'ai pas encore eu le temps de lui signaler ma présence.

— Montez ! dit Pierrot.

Il fit le tour pour s'installer au volant. La cabine avait une large banquette en simili, quasi défoncée à la place du conducteur. Le véhicule avait visiblement vingt ans d'âge, éraflé, basculé, refait. Seuls le commodo et les rétroviseurs étaient dans leur neuf. Le large volant plat était entouré d'un chatterton noir et graisseux, un reste de grand calendrier cartonné, datant de dix ans, formait garniture de portière.

— Quatre-vingt-quinze ! dit Pierrot.

— Quatre-vingt-quinze quoi ?

— J'ai pointé à quatre-vingt-quinze, tout à l'heure, dans une descente. Et je suis là pour le dire !

— Vous transportez quoi ? demanda la jeune fille.

— Pour l'instant, rien.

Pierrot regarda la jeune fille et changea la conversation.

— Dites donc, je vous en ai voulu un peu l'autre soir.

— Moi ?

— Oui. Dès le soir de votre arrivée, votre cousin Augereau avait l'air d'être bien au courant de ce qui se passait dans le pays. Des... heu, des amis à moi l'ont vu qui fouinait dans la région.

— Je n'y suis pour rien ! dit Marie-Anne, un peu choquée. Ce n'est pas le genre de la maison.

— Je sais, dit Pierrot. On est copains.

Il eut quelque difficulté à passer sa première, y parvint enfin et embraya. Le camion s'arracha avec mille gémissements.

— Elle n'est plus jeune, votre guimbarde, dit Marie-Anne.

— Oh ! dit Pierrot. À vide, ça va encore ; mais à pleine charge, je me demande ce qui va se passer !

— Vous devriez dire à votre patron d'en changer.

— C'est que le patron... c'est moi ! J'ai cet outil-là depuis ce matin. Je l'ai acheté au ferrailleur d'Argentan. Je vais essayer de faire les légumes sur Paris.

— Excusez-moi, fit Marie-Anne, craignant de l'avoir vexé. D'ailleurs, du peu que je m'y connaisse, le moteur a l'air de tourner rond, n'est-ce pas ?

— Comme une patate ! dit Pierrot en éclatant de rire.

Mais le bon contact était mis entre eux. Ils arrivaient en haut de la côte ; une grande descente s'amorçait.

— Vous n'avez pas peur ? demanda Pierrot. On fonce ?

— On fonce ! dit-elle.

Et pour la première fois, depuis qu'elle était à Nomville, elle se sentit le plaisir d'être jeune.

Pierrot n'avait pas menti, son camion avait encore une bonne carrière à faire, comme descendeur. L'impression de vitesse était d'autant plus forte que la masse de deux tonnes semblait se déplacer par à-coups, au moindre changement de direction : triomphe de l'inertie.

En plus de ça, à en croire le bruit, on aurait cru assister au départ d'une fusée transcontinentale, à la limite de la désintégration. Il n'était plus question de parler, à bord ; ou, du moins, plus question de se faire entendre.

Marie-Anne, crispée et ravie, se tenait d'une main au tableau de bord et de l'autre à la portière. Ça valait la descente du scenic-railway ! Comme à la fête ! Et zou !...

La première voiture littéralement « absorbée » fut une 4 CV qui descendait calmement à sa main et qui fit une embardée au passage du typhon. Tête du conducteur furieux, appuyant sur le champignon, dans l'intention de rattraper le « chauffard ».

Pierrot prenait les virages sans ralentir. Il parut à un moment foncer droit sur un mur, dérapa, se rétablit de justesse et se mit à klaxonner à mort, pour obtenir le passage d'une « traction » qui tenait le milieu de la route, la doubla à près de cent à l'heure, à la traversée d'une petite agglomération où un vieux panneau indiquait « Vitesse maximum 20 km »... Des commères qui bavardaient durent se garer de justesse.

Marie-Anne avait ce petit sentiment délicieux de côtoyer la peur. Sans savoir pourquoi, elle avait une totale confiance en ce garçon qui prenait des risques imbéciles. Tout cela n'était peut-être pas raisonnable, mais c'était enivrant.

Pierrot n'était pas mécontent non plus de prouver à une fille agréable qu'il avait des réflexes sûrs et précis. Vitesse ! Vitesse !... Derrière lui, l'homme de la « traction » s'était lancé à sa poursuite, furieux, et cornait sans arrêt pour passer.

Sans réduire sa vitesse, Pierrot lui faisait ironiquement signe : « Passe donc ! » d'un grand mouvement de bras. Mais, à vrai dire, la route, très sinueuse, se prêtait peu à un dépassement.

Le coup dur faillit arriver à la sortie d'un virage aveugle. Brusquement, Pierrot vit face à lui la charrette qui tenait le plein milieu... Freiner ? L'autre abruti le suivait à trois mètres... Passer à droite ? À gauche ?

Marie-Anne vit venir l'accident et cria malgré elle, se serrant instinctivement contre l'épaule de Pierrot.

Au dernier instant, celui-ci choisit de croiser la charrette à gauche, empiétant même sur le talus... Il passa, de justesse, sans avoir cherché à ralentir.

Par contre, le poursuivant freina à mort, dans un hurlement des quatre pneus, passa, lui, à droite de la charrette, et s'arrêta, écœuré, poux reprendre son souffle.

Sur la banquette du camion, Marie-Anne se détacha de l'épaule de Pierrot, un peu furieuse contre elle et malgré tout amusée... On arrivait à Domfront ; Domfront bâti sur une colline, ce qui réduisait singulièrement les ardeurs du vieil U.23 rafistolé.

Comme il se rangeait sur la place du Château, Pierrot vit arriver la « traction » qui avait repris du poil de la bête. Un petit bonhomme en sortit comme un diable à ressort ; bon paysan rouge d'indignation, prêt à en découdre.

— Dis donc, toi...

Et puis le bonhomme changea de visage, parut le reconnaître.

— Mais, c'est le Pierre Soulage !... Eh bien, toi, mon gars ! T'as le feu au derrière, donc ? Tu me prenais-t'y pour un « volant » ?... Allez, viens boire le coup !

Pierrot avait serré la main, mais avait refusé poliment ; l'autre était reparti.

— Je vois, avait dit Marie-Anne. Vous êtes connu comme le loup blanc !

— Beaucoup trop connu pour bien peu de profit, dit Pierrot. Voulez-vous être gentille ?

— Comment cela ?

— Je ne suis pas en très bons termes avec votre cousin ; évitez de lui parler de moi, c'est tout.

— Promis ! dit-elle.

Il alla à l'arrière du camion et descendit le petit vélomoteur.

— Merci ! fit-elle.

Elle lui tendit la main. Ils étaient derrière le camion, à l'abri des regards, isolés.

— Mademoiselle comment ? interrogea-t-il.

— Marie-Anne.

— Moi, c'est Pierrot.

— Je sais.

Il ne lui lâchait pas la main. Il cherchait l'ironie.

— Vous savez tout ! Une vraie maîtresse d'école... Mais il y a une chose que vous ne savez pas.

— Laquelle ?

Il se pencha brusquement sur elle et l'embrassa sur les lèvres.

— Ça ! fit-il.

C'était plus un défi qu'une marque d'amour ; mais défi point désagréable.

— Vous vous trompez, dit Marie-Anne. Voilà un moment que je sais que vous êtes un type culotté !

Il éclata de rire ; elle aussi. Alors, il s'éloigna vers sa cabine en fredonnant avec intention : *C'est le roi Dagobert.*

Tout cela était idiot, mais, se dirigeant vers la demeure de son cousin Augereau, Marie-Anne n'en avait pas moins le visage chaud et plein d'une fillette heureuse de vivre.

*

Le chalumeau oxhydrique chuinta encore un moment, puis s'arrêta.

Augereau et Carbonnier relevèrent leurs grosses lunettes noires. À l'avant de la Vedette, le longeron d'acier cessa d'être blanc et prit successivement toutes les teintes de rouge, jusqu'au plus sombre.

Ils étaient dans l'arrière-garage d'Augereau et pratiquaient un bricolage relativement important.

Une voix de femme les fit se retourner. C'était Mme Augereau, femme d'une trentaine d'années, agréable, enjouée :

— Devine qui est là, René !

Augereau retira tout à fait ses lunettes, s'approcha de la porte, encore un peu ébloui. Il regarda la silhouette à côté de sa femme...

— Il ne me reconnaît pas, murmura Marie-Anne amusée.

— Marie-Anne ! explosa Augereau. Bonjour, cousine !

Ils s'embrassèrent.

— Eh bien, on peut dire que tu as changé, en trois ans !

— Cinq ! dit Marie-Anne. Par contre, toi, tu es toujours le même !

On présenta Carbonnier : un collègue. Celui-ci, discret, soucieux de les laisser en famille, découvrit comme par hasard qu'il était justement en retard.

— Tu vas boire l'apéro avec nous, l'invita Augereau.

Marie-Anne avait l'œil fixé sur l'avant de la voiture.

— Qu'est-ce que vous faites là ?

— Un char d'assaut ! dit Carbonnier. Comme pare-chocs, on met un rail de chemin de fer, soixante-cinq kilos du mètre.

— Eh bien ! fit Marie-Anne.

Carbonnier se lavait les mains : un homme jeune, méridional d'aspect ; genre fonctionnaire hilare.

— Si tu dévoiles nos armes secrètes... fit Augereau, sur le même ton. Pas un mot !

Mme Augereau avait l'air d'une bonne vivante.

— À votre place, dit-elle, je mettrais plutôt une ceinture de liège. C'est plus commode pour flotter dans les mares.

Mais Augereau s'intéressait à sa cousine.

— Où es-tu institutrice ? À Nomville ? Tiens !

Les deux hommes se regardèrent.

— Nomville-sur-Goutte.

— ... sur Goutte ? demanda Marie-Anne.

— Oui, sur Gniaule, sur Alcool...

Augereau entraînait sa cousine vers la maison.

— On parlera métier plus tard, dit-il. Parlons de toi. Tu es là pour l'année scolaire ?

— Oui.

— Tu as déjà pris contact avec tes élèves ?

— Depuis huit jours.

— Ton impression ?

— Ce ne sont pas des lumières, mais...

— Un peu abruties, non ?

Marie-Anne sourit.

— Secret professionnel !

— Oh ! fit le cousin. Tu peux y aller, ce n'est un secret pour personne... Nomville-sur-Goutte ! Qu'y pouvons-nous ?

— Nous y pouvons beaucoup, dit Marie-Anne,

peut-être un peu trop pénétrée. C'est une question de bonne volonté.

— Bien sûr ! fit Augereau, beaucoup plus détendu qu'elle.

Dans la salle à manger, l'ameublement était coquet. Il y avait un papier peint à motif tricolore qui dépassait le mauvais goût pour entrer dans la joyeuseté de vivre. Rien de guindé, fins de mois assurées, douce philosophie, pas de problèmes.

La petite Éliane avait neuf ans, gosse éveillée, toute bronzée encore des vacances, un peu intimidée par cette grande cousine qui surgissait dans sa vie... Était-elle bonne élève ? Couci-couça !... La mère hochait la tête avec une fausse modestie.

— ... Mais, dans l'ensemble, n'est-ce pas, René, il n'y a pas à se plaindre.

— Dame, dit Augereau, sûr que si elle était à Nomville, elle raflerait tous les prix ! Attention, Marie-Anne, tu viens de Paris ; tu débarques dans un petit bled bien imbibé, ne va pas en déduire sur tes carnets de voyage que tous les Normands sont des abrutis.

— Mais, dit Marie-Anne, je suppose que, même à Nomville, il n'y a pas que des minus ?

Carbonnier venait d'entrer. Augereau prit un air faussement sérieux, se tourna vers lui, puis regarda sa cousine :

— Toi, tu sais quelque chose !

— Quoi ?

— J'aimerais savoir comment se raconte, à Nomville, l'histoire de deux contrôleurs qui ont besoin d'une voiture pour prendre un bain de pieds.

— Première nouvelle, dit Marie-Anne. Je crois deviner à qui sont les pieds, mais...

— Un conseil, dit Augereau, si jamais tu rencontres à Nomville un garçon qui s'appelle Pierre Soulage, passe sur l'autre trottoir ! Rappelle-toi ce nom-là. Si jamais il apprend que tu es ma cousine, il s'arrangera pour te rendre la vie impossible.

— Vraiment ?

— Vraiment, dit Augereau. Voilà un garçon que j'aimerais bien voir à cinq cents lieues d'ici. Tu ne le connais pas encore ?

— Je... Non ! dit Marie-Anne. Merci de m'avoir prévenue !

Mme Augereau, prénommée Yvonne, avait ouvert le petit placard à fines bouteilles. On y voyait aussi des livres, des romans noirs, des cours ronéotypés de droit administratif, que René avait dû suivre, pour sa carrière.

Yvonne hésita entre deux cruchons, prit celui qui se trouvait le plus haut.

— Je sors celle de chez Guillotin, n'est-ce pas, René ?

— Dame, dit Augereau, pour la jolie cousine de Paris, on sort la meilleure.

Marie-Anne parut alarmée.

— La meilleure quoi ? Surtout pas d'alcool pour moi !

— Ne t'inquiète pas, dit Augereau en clignant de l'œil. Celle-là, c'est de la bonne !

— Je n'en boirai pas, dit Marie-Anne, têtue.

— Tais-toi, dit Augereau avec autorité. Tu ne sais pas ce que c'est qu'un bon calva. Celui-là, tu m'en diras des nouvelles.

— Je n'en boirai pas, persista Marie-Anne. Je suis abstinente.

Les Augereau se regardèrent, légèrement déçus.

— Ça ne peut pas vous faire de mal, fit amicalement Carbonnier. Il y a des mauvais alcools qui font mal ; mais ça, il faut le reconnaître, c'est la fleur du pays !

— Il n'y a pas de bons alcools ! dit Marie-Anne.

Augereau sifflota, amusé.

— Ça te fait quel âge, Marie-Anne ? Dix-neuf ans ?...

— L'âge n'a rien à voir là-dedans, fit Marie-Anne, un peu trop douce. J'aime l'eau ; donnez-moi de l'eau.

— On va lui donner de l'eau, dit Yvonne, accommodante. Tous les goûts sont dans la nature.

Augereau sortit les petits verres et avoua :

— Eh bien, nous, on n'est pas abstinents ! Tu restes à dîner, cousine ?

— Je suis venue pour ça ! fit Marie-Anne.

— À la bonne heure !

Carbonnier trinqua son verre contre celui de Marie-Anne.

— À la bonne vôtre !

— Tu ne sais pas ce que tu perds ! fit Augereau en buvant.

— Je sais ce que je gagne ! fit la jeune fille avec

une douceur exaspérante. Je ne sais pas pourquoi je m'étais figuré que vous étiez contre l'alcool.

— Hé ! là ! fit Augereau. Mais c'est qu'elle va nous prendre pour des alcooliques !... Ce n'est pas pour te faire un reproche, Marie-Anne, mais je me souviens de ton père comme d'un monsieur qui savait vivre !... Antialcoolique, moi, je veux bien. Mais un conseil, cousine : si tu n'aimes pas ça, n'essaie pas, par ici, d'en dégoûter les autres.

Marie-Anne avait la raideur morale de la jeunesse, mais elle n'était pas sotte. Elle pouffa doucement, un peu triste.

— J'ai essayé, fit-elle.

Elle but son verre d'eau, se tourna vers Yvonne.

— Je suis peut-être complètement en dehors du temps et de l'espace, dit-elle. Est-ce que vous donnez à Éliane une petite bouteille pour aller à l'école ?

— Si vous voulez parler du petit « sou de café » qui se fait dans la campagne, c'est non.

— Vous êtes contre, n'est-ce pas, Yvonne ?

— Je suis contre.

— Et si vous aviez vu, comme moi, vingt-sept élèves avec vingt-sept « sous de café »... ?

— J'aurais probablement confisqué les vingt-sept bouteilles, dit Yvonne.

Marie-Anne poussa un soupir de soulagement.

— Dieu merci, je ne suis donc pas unique au monde. Vous auriez fait renverser le contenu des bouteilles sur le pavé, n'est-ce pas ?

— Renverser ?...

La stupéfaction se peignit sur tous les visages. Augereau se fit confirmer.

— Tu veux dire que tu as balancé la goutte par terre ?

— Oui.

— Hou là ! fit le cousin en claquant des doigts. Hou là, là, là ! Ma pauvre Marie-Anne, mais c'est comme si tu leur avais craché à la figure !... Le crime de lèse-goutte ! Mais c'est le péché contre l'esprit ! Comment ont-ils réagi ?

— Je n'en sais encore rien. La directrice de l'école a été très réticente. Quant aux parents, je suppose qu'on est en train de les mettre au courant.

— L'art et la manière de se faire des amis, murmura Augereau.

Il frappa amicalement l'épaule de Marie-Anne.

— Cousine, dit-il, on est en famille ! S'il t'arrive un pépin, on fait bloc ! Mais, je t'en prie, ne cherche pas des histoires gratuites ! L'antialcoolisme, tu sais, c'est un mauvais cheval de bataille, par ici.

Marie-Anne ne répondit pas. On lui avait dit plusieurs fois déjà qu'elle était un peu girl-scout, un peu raide, tout d'une pièce dans ses actes comme dans ses pensées. Elle n'était pas d'accord du tout avec le cousin ; mais il n'était pas déshonorant de rompre à cette première escarmouche. Après tout, elle avait une entière année scolaire pour le convaincre.

Elle alla à la fenêtre. Elle se souvenait de l'immense panorama qu'on y découvrait, des lieues et des lieues carrées de belle campagne vallonnée, la profonde forêt d'Andaine, les dix-sept clochers, dont probablement celui de Nomville... Mais il faisait presque nuit et, déjà, au loin l'horizon se confondait avec le ciel.

— Il y a cinq ans, dit-elle à son cousin, tu appelais cela ta carte des opérations.

Augereau l'observait sans rien dire. Il avait l'air de réfléchir. Ce fut Carbonnier qui répondit, un peu lyrique :

— Ici commence le pays de la reine Goutte. Il y a des soirs de janvier, quand le vent est au sud-ouest, on sent d'ici l'odeur conjuguée de deux ou trois cents alambics en action. L'ennemi est partout, odorant mais invisible. Alors nous partons guerroyer ; mais nous n'avons pas mis le pied dehors que déjà, à dix lieues à la ronde, tout le monde est au courant de nos faits et gestes.

— Cousine, dit Augereau, veux-tu nous aider ?

Il souriait, mais on le sentait sérieux.

— Comment cela ?

— Tout d'abord en laissant tomber l'antialcoolisme, dit Augereau. On ne prend pas les mouches avec du vinaigre.

Marie-Anne se raidit.

— Les mouches ?... Mais, si je comprends bien, cousin, tu veux me demander précisément... de moucharder ?

Il y eut un silence, puis Augereau sourit.

— L'inconvénient des filles intelligentes, c'est

qu'elles donnent tout de suite un nom désagréable aux choses les plus simples.

Il s'adressa à sa femme :

— Nous dînons dans combien de temps ?

— Dans un petit quart d'heure, fit Yvonne. À la fortune du pot, n'est-ce pas, Marie-Anne ?

— Je vais vous aider, Yvonne.

Mais Augereau prit le bras de sa cousine.

— Viens ! J'ai quelque chose à te montrer... Viens aussi, Roger, tu n'es pas de trop !

Il y avait juste la courette à traverser pour revenir à l'atelier-garage. Celui-ci était d'assez vastes dimensions. Au premier plan se trouvait la grosse Vedette armée de son rail. Au fond, il y avait une autre voiture, une « traction » qui paraissait accidentée.

C'est vers elle qu'Augereau se dirigea.

— Regarde ça !

— C'est ce qui reste de ma voiture, fit tristement Carbonnier.

— Vous avez eu un accident ? demanda Marie-Anne.

L'avant de la voiture paraissait avoir souffert. Le capot était enlevé, le pare-brise anéanti, le radiateur déchiqueté et le bloc moteur lui-même émit ouvert comme une grenade mûre.

— Un accident ? On peut appeler ça comme ça, convint Carbonnier. Un accident professionnel.

— C'est une charge de plastic, dit Augereau. Roger s'en est tiré par miracle.

— Une blessure au mollet une autre au cuir chevelu. Même pas une commotion, je n'ai pas eu le temps de comprendre.

Marie-Anne s'était penchée sur le moteur. Elle commençait à réaliser le côté sérieux de la chose.

— Et vous croyez que c'est quelqu'un qui... ?

— D'après l'enquête de police, ça ne fait aucun doute. On voit encore les traces jaunes... On n'a jamais vu du plastic venir par génération spontanée.

On pouvait voir les cassures, les arêtes vives de métal. Marie-Anne eut un frisson dans sa chair.

— Mais, c'est un attentat ! fit-elle. On n'a pas le droit.

Les deux hommes eurent un rire, malgré eux.

— Sûr, qu'ils n'ont pas le droit de faire ça, dit Augereau, mais « ils » le prennent !

Marie-Anne paraissait bouleversée.

— Mais ils auraient pu vous tuer !

— Léger détail !

— Et vous croyez que... le garçon de Nomville dont vous m'avez parlé est capable de faire des choses pareilles ?

— Pierre Soulage ? fit Augereau. Non ça m'étonnerait. Soulage, c'est la petite fraude locale, c'est plus rusé, ça cherche à nous noyer sous le ridicule, ça nous rend la vie impossible ; mais, au fond, ça nous respecte.

Il montra le moteur éventré.

— Tandis que ça, c'est le grand trafic. Ça, c'est nouveau : les gangsters qui prennent la relève et qui amènent l'alcool à Paris par convois. C'est la grande organisation. Et ceux-là, si on les gêne, il n'est plus question de s'en tirer avec un bain de pieds... Si on les gêne, ils nous suppriment !

Carbonnier s'était un peu éloigné, comme pour ne pas accaparer le devant de la scène. Il était allé tâter le rail, à l'avant de la Vedette ; puis, grimpant dessus, il lui imprimait des secousses, de tout son poids.

— Dis donc, René, ça a l'air de tenir !

— Tant mieux, dit Augereau. Ce qu'il nous faudrait, c'est un banc d'essai.

— On a tout ce qu'il faut ici, dit Carbonnier.

Il désigna la « traction ».

— J'aimerais bien que Titine nous serve encore une dernière fois à quelque chose ! D'accord ?

— D'accord, dit Augereau.

Carbonnier s'installa au volant de la Vedette et mit le moteur en marche.

— Qu'est-ce qu'il va faire ? demanda Marie-Anne.

— Le manège d'auto-tampon ! dit Augereau. On est des petits farceurs, dans l'administration. Écarte-toi !

Il lui prit la main et l'entraîna dans un angle du garage.

La Vedette, en marche arrière, quittait doucement le garage pour aller prendre son élan dans la courette.

Un instant, on ne la vit plus. Les phares s'allumèrent et se braquèrent sur la voiture sinistrée.

— Mais, il ne va pas rentrer dedans ? demanda Marie-Anne.

— Pourquoi pas ? dit Augereau, pince-sans-rire. Je ne suis pas partisan des finasseries administratives.

Dehors, le moteur se mit soudain à rugir. La voiture surgit en boulet de canon, fonçant droit sur la « traction », dans un bruit de tonnerre répercuté sous la verrière. En un instant, ce fut le choc. La lumière des phares parut littéralement percuter sur la « traction ». On entendit le bruit des tôles défoncées tandis que l'épave bousculée était violemment projetée contre le mur.

Puis ce fut le silence. On entendit alors que le moteur de la Vedette continuait à tourner au ralenti. Carbonnier passa la marche arrière et se dégagea, arrachant une aile de la « traction ».

Augereau s'était rapproché, inspectait l'avant de la voiture tamponneuse. Les deux phares continuaient à briller, la calandre était intacte.

— Au poil ! dit Augereau.

Il grimpa sur le rail, imprima des secousses.

— Un vrai tank !

Carbonnier ouvrit la portière et sortit, tenant une sangle à la main. Il se frottait une épaule endolorie.

— À gauche, dit-il. La sangle est un peu lâche. Et puis il faudrait prévoir un rembourrage.

Marie-Anne s'était approchée. Elle voulut rire.

— Vous n'allez pas me faire croire... Tout cela n'est pas sérieux.

— Tout ce qu'il y a de plus sérieux, dit Augereau. Tu vois, cousine, c'est notre manière, à nous, de faire de l'antialcoolisme.

*

Mme Bardin alla servir elle-même le pâté de campagne à la table du fond : des gens tranquilles à l'aspect intimidé de vieux couple qui se sort... Comme c'était calme, Domfront ! La vraie petite ville de province où il ne se passe jamais rien.

En revenant à la cuisine, elle s'arrêta à la porte de la cour. On entendait encore la pétarade d'une grosse moto, de l'autre côté de la ruelle. Elle eut un geste d'agacement et, voyant Bardin qui revenait, elle ne put s'empêcher de lui dire :

— Ils en font du bruit, ce soir !

— Je sais ! fit-il, tout aussi agacé.

Il traversa la salle de restaurant, poussa la porte du cabinet particulier. Le petit alambic aux reflets cuivrés brillait sous la lumière. Rousseau releva la tête un bref instant, puis revint à son auditoire attentif : six hommes, dont Pierre Soulage qui, une carte Michelin neuve entre les mains, notait consciencieusement un itinéraire au crayon rouge.

— Votre motard fait du bruit, dit Bardin. Il va ameuter le quartier.

Rousseau le regarda froidement.

— Il n'est pas dix heures, fit-il. On n'a pas encore à dire son nom dans l'escalier.

— Je suis chez moi ! dit Bardin.

On sentait l'animosité entre les deux hommes, presque l'hostilité. Il y avait entre eux deux comme une question de suprématie. Force assise contre force bousculante : loi de la nature. Le genre de conflit larvé qui, mathématiquement, doit exploser un jour ou l'autre.

Rousseau, massif et froid, regarda son adversaire empâté. Peut-être avaient-ils le même âge, mais Rousseau paraissait d'une autre génération : la dynamique, celle qui monte, qui brûle, qui prend les places.

— Nous partons dans un moment, cher ami ! fit-il avec une courtoisie raide comme un couperet.

— Le plus tôt sera le mieux ! dit Bardin.

Rousseau haussa imperceptiblement les épaules. Il paraissait sûr de sa force, seigneurial. Il prit le parti d'ignorer Bardin.

— Bon ! Tout le monde a bien compris ce qu'il a à faire ? Toi, le gars Pierrot, tu suis le Berliet à cinquante mètres, pour qu'il t'ait toujours dans son rétro. Si quelque chose ne gaze pas, tu fais deux appels de phare. C'est compris ?

— Compris ! dit Pierrot.

— Le troisième camion te suivra à cinquante mètres. S'il y a des ordres en cours de route, c'est le motard qui t'avisera.

Un vrai « briefing » ! Rien n'était laissé au hasard. Rousseau avait des méthodes d'ancien officier, chef de commando ; il connaissait l'importance de la préparation.

— Messieurs, à vos postes ! dit-il en consultant sa montre. Nous partons dans quatre minutes.

Tous les hommes se levèrent. Pierrot eut presque envie de saluer... Il avait un peu fayoté en Algérie, et les manières de Rousseau n'étaient pas pour lui déplaire. Si l'homme libre, toujours, chérira la mer, l'homme d'aventures, par contre, chérira toujours le garde-à-vous. C'est la nature des choses.

En sortant, Pierrot serra la main de Bardin.

— À bientôt, monsieur Bardin.

— À bientôt ! dit Bardin, assez fraîchement.

Pourtant, son œil droit s'était fermé, complice.

— Je te souhaite de t'instruire !

Pierrot, quoiqu'un peu surpris, lui rendit son clin d'œil.

— Ça, les voyages forment la jeunesse !

Rousseau regroupait ses papiers sur la table et les glissait dans une serviette de cuir. Il paraissait en dehors du coup et cependant, dès que Pierrot eut franchi le seuil, il dit à Bardin, sans forcer la voix :

— Moi, je n'aime pas beaucoup la jeunesse qui s'instruit trop vite.

— C'est votre droit, dit Bardin.

— Je paie, dit Rousseau, et je paie bien. Mais je n'aime pas beaucoup qu'on se mêle de mes affaires.

Il avait fini de ranger ses papiers et regardait maintenant Bardin droit dans les yeux.

— Vous vous souvenez de Fernand, qui était là, il y a huit jours ?

— Moi, les noms... fit prudemment Bardin.

— Fernand a été un peu trop curieux, au dernier voyage.

— Vous me dites ça, à moi...

— Je ne parle jamais pour ne rien dire, fit Rousseau. Au dernier voyage, Fernand a voulu savoir où passait la camelote... Eh bien, il l'a su !... Mais pas longtemps !

Il laissa peser un silence, puis ajouta, très calme :

— Voilà. Si vous avez un dernier conseil à donner au petit gars Pierrot, faites-le vite... Je serais personnellement désolé qu'il lui arrive quelque chose.

Bardin s'était congestionné et gardait péniblement son calme. Non, le bonhomme n'était pas complètement avachi et il avait de la ressource. Rousseau, qui semblait s'y connaître en hommes, aurait dû le comprendre. On traite avec un Bardin, on ne le gifle pas.

— Vous me paraissez avoir des méthodes très curieuses, fit-il.

— Efficaces ! dit Rousseau.

— Pour vous, peut-être. Mais pour moi, je n'y trouve plus mon compte. Je tenais à vous dire cela. Sur trois camions qui partent ce soir, deux n'ont pas été chargés par moi, et je n'y trouve aucun bénéfice. Je n'aime pas ça !

Rousseau écarta les bras. Il paraissait très sûr de lui.

— Bardin, fit-il, à notre époque le petit artisan n'a plus sa place. Vous me fournissez de l'alcool paysan entre soixante-cinq et soixante-quinze degrés comme le fin du fin. Mais j'ai intérêt, moi, à transporter de l'alcool rectifié à quatre-vingt-dix-huit. Industriellement rectifié, Bardin. Les deux camions que vous incriminez portent chacun quarante hectolitres à quatre-vingt-dix-huit. À ce taux-là, le voyage est rentable !... Je ne tiens plus à trimbaler de la flotte, Bardin. Il faut continuellement s'adapter, ou disparaître. Si nous ne pouvons plus nous entendre, j'ai intérêt à acheter et à rectifier sur place.

— Vous n'avez pas acheté ma cour, dit Bardin. Vous me faites courir en ce moment un risque pour lequel je ne gagne pas un centime.

— Gourmand, Bardin ?

— Juste, dit le Normand. Sans loyauté, il n'y a pas de commerce. Entreposer dans ma cour de l'alcool acheté ailleurs, ce n'est pas loyal !

— Je n'entrepose pas ; je passe. Les camions seront restés deux heures chez vous.

— Je ne garde jamais l'alcool plus longtemps, dit Bardin, mais j'y prends mon bénéfice. Transigeons : trente centimes du degré !

Tout gangster qu'il soit, Rousseau parut estomaqué.

Il fit un rapide calcul et s'esclaffa :

— Eh bien, père Bardin ! Un coup de deux cent cinquante sacs. Vous ne vous mouchez pas du pied, mon vieux ! Ça, c'est du parking payant !

— On peut discuter, dit Bardin.

D'un mouvement qui parut noyé dans un naturel familier, Rousseau prit un revolver noir dans sa serviette de cuir et, comme distraitement, il le glissa dans la poche de son veston de tweed.

— C'est tout vu, fit-il sans élever la voix. Ballepeau !

Et, sans tendre la main, il se dirigea vers la porte.

*

— Allô, Brigitte ! Allô, Brigitte, tu m'entends ?

Sur la banquette du gros quatre-tonnes, Léon avait la bouche près du micro. Par la portière, il pouvait voir, au-delà du chargement de Pierrot, l'autre gros Berliet aux parois renforcées.

Sur la banquette de celui-ci, Renard avait l'appareil en main.

— Allô, Caroline, je t'entends. Tout va bien.

Il pouvait voir aussi, au centre de la courette, Pierrot qui discutait avec le motard.

— Allô, qu'est-ce que tu penses du petit plouc qu'on prend en sandwich ?

— Allô, répondit Léon, je n'en sais rien. Mais je suppose que Marcel sait ce qu'il fait. Allô, Alphonse, allô, Alphonse ! Caroline appelle Alphonse !

Dans la D.S. qui se trouvait dans la ruelle, « Alphonse » se pencha sur son micro.

— Ici, Alphonse. Vos gueules ! N'usez pas le matériel à dire des conneries ! Terminé !

En bas de sa cabine, Pierrot, canadienne enfilée, casquette sur la tête, examinait la grosse moto que Dédé lui présentait complaisamment.

— Une 600 Triumph... On n'a pas l'équivalent en France. Je me tape le cent quatre-vingts comme une fleur. Pas une bagnole qui lui résiste. La D.S. ?... dans le dos, la balayette ! Même les Jag et les Alfa : des brouettes ! Le roi de la route, c'est qui.. ? C'est sa pomme !

D'une sacoche arrière dépassait une antenne télescopique. Il y eut comme un ronflement bref. Dédé était casqué comme un pilote d'avion. Il prit le fil à sa ceinture, le brancha sur son tableau de bord.

— Allô ! fit-il, apparemment dans le vide.

Mais il dut avoir une réponse péremptoire dans ses écouteurs. Il fit, déférent :

— Bien, m'sieur ! Compris !

Il enfourcha sa moto, fit un signe à Pierrot.

— Allez, hop, gars ! On se propulse !

Déjà, dans les deux gros camions, les moteurs tournaient. La courette s'était emplie d'une fumée âcre.

Pierrot mit son moteur en marche. L'aventure commençait. Sans doute Rousseau était-il déjà monté dans la D.S. qui faisait le devant.

Le camion Brigitte démarra d'abord, sortant doucement de la cour. Bien éclairé, son arrière avait l'air d'un grand panneau jaune et blanc, piqué des trois feux rouges.

À peine était-il sorti que le motard fit signe à Pierrot.

— À toi !

Dans son camion, Pierrot avait près de deux tonnes de marchandises, presque tout en fûts de cinquante litres. Il avait arrimé cela avec de la grosse corde et de vieilles chambres à air ; cela devait tenir quelle que soit la route.

Il prit le virage dans la ruelle, cherchant au passage le bonhomme Bardin pour lui faire signe au revoir ; mais Bardin n'était pas là.

— Grouille ! faisait signe le motard.

Brigitte tournait déjà sur la route et, juste derrière Pierrot, Caroline s'ébranlait à son tour.

Tout se déroulait sans bavure, avec une parfaite maîtrise. Vingt fois déjà Pierrot était parti dans la camionnette 203, avec un chargement plus ou moins important ; mais jamais encore, il ne s'était senti solidaire d'autres hommes, d'une équipe engagée dans le même combat. Il lui fallait pour cela remonter dans ses souvenirs de guerre. Il cessait d'être le gars Pierrot Soulage. Il était conducteur du camion numéro 2 et devait maintenant obéir aveuglément, sans discuter.

Devant lui, le camion Brigitte prit la montée, et Pierrot sut qu'on allait passer par la route de La Ferté. Le panneau jaune et blanc était à cinquante mètres devant lui, roulant encore à moins de vingt à l'heure. Derrière, dans le rétroviseur, il pouvait voir les codes de Caroline. Le motard semblait avoir disparu.

La nuit était tombée depuis un moment, les rues de Domfront étaient désertes et parcimonieusement éclairées.

En haut de la côte, insensiblement, Brigitte prit de la vitesse. Pierrot passa la troisième, monta à quarante, à cinquante, passa la quatrième à soixante-cinq... Tout se passait bien. Le grand voyage commençait.

Dans la forêt, juste au sortir du pays, Brigitte stabilisa sa vitesse à soixante-dix et Pierrot comprit qu'on se mettait à sa portée... Un convoi a la vitesse de son véhicule le plus lent.

Il aurait bien aimé n'être pas, dans cette aventure, le véhicule le plus lent, le moins chargé, le plus démuni, le plus démodé... Patience ! cela viendrait certainement un jour !

Le panneau jaune et blanc de Brigitte était devant lui, à la distance réglementaire. Voilà ; durant une partie de la nuit, il n'aurait que ce souci à avoir.

Il entendit qu'on klaxonnait : c'était le motard qui passait à sa hauteur et qui avait l'air de lui crier quelque chose.

— Ça va ?

Pierrot leva le pouce en l'air, en un geste rassurant.

— Parfait !

Le motard, bon chien de garde, fit littéralement un bond en avant, doubla Brigitte et se perdit dans la nuit.

*

— René, c'est pour toi ! dit Yvonne.

Ils venaient de se mettre à table, avec Marie-Anne à la place d'honneur. Le potage fumait dans les assiettes.

Augereau se leva, un peu ennuyé.

— Qui est-ce ?

Yvonne écarta les bras dans un geste d'ignorance. Augereau prit l'appareil.

— Allô ?... Oui, lui-même à l'appareil.

Il écouta un moment. De sa place à table, Marie-Anne le regardait d'un air intéressé.

— Qui êtes-vous, monsieur ? demanda Augereau.

Sans doute n'eut-il pas une réponse satisfaisante car il ajouta, prêt à raccrocher :

— Monsieur, nous ne tenons aucun compte des dénonciations anonymes. Et nous détestons les mauvais plaisants... Oui ?... Tiens !

Il parut soudain violemment intéressé, appela sa femme du doigt, et, tout en gardant l'écouteur à l'oreille, il lui glissa :

— Cours chercher Roger ! Vite !

Yvonne ne se le fit pas dire deux fois. Elle jeta son tablier sur une chaise et se précipita dehors.

— Ça ! fit la petite Éliane avec désappointement, c'est du travail pour papa. Il va faire « une nuit ».

À l'appareil, Augereau notait fébrilement des abréviations sur un calepin.

— Ce n'est vraiment pas de chance, dit Marie-Anne à la petite.

— Il y a la prime à la nuit, fit sérieusement Éliane, mais elle n'a pas été revalorisée, alors ça fait le coefficient sept au lieu du coefficient douze, plus quatre virgule vingt-cinq complémentaires de frais de véhicule en périmètre trois et trois virgule quarante en périmètre quatre, non compris le kilométrage en périmètre un et deux... Alors, papa dit que ça ne vaut pas le coup !

*

— Voilà, dit Bardin à l'appareil. Tout à votre service... Une conversation qu'on surprend, n'est-ce pas ? Je me suis dit : tiens, ça pourrait bien intéresser M. Augereau... Mais ne me mettez pas en cause, n'est-ce pas... Mettez cela sous rubrique : initiative du service. Bonsoir, monsieur Augereau !

Il raccrocha. Sa femme le regardait avec stupéfaction.

— Eh bien, Louis, tu passes de l'autre côté de la barrière ?

— Minute, fit le bonhomme Bardin. Je suis le défenseur des petits vergers de France. Je désire que le paysan penché sur la glèbe tire un légitime profit de son travail et de son alambic. Je suis pour la clandestinité ; je ne suis pas pour la fraude !

Mme Bardin le regardait avec une manière de respect ironique.

— Tu penses réellement ce que tu dis, Louis ?

— Et pourquoi non ?

— Oh ! fit-elle soudain avec l'accent. Regarde-té ! Mais regarde-té donc !

Elle l'avait poussé devant le petit alambic de cuivre si brillant qu'on pouvait se voir dedans. Bardin pouvait y voir sa propre tête, rouge et considérablement élargie, comme dans une glace déformante.

— C'est-y une tête ed'député, ça ? continuait la mère Bardin. Non ! C'est eune tête ed'ministre !

*

Augereau était encore pendu au téléphone mais il était maintenant assis, une jambe en l'air, à laquelle Éliane enfilait un bottillon. Marie-Anne, debout à la table, préparait fébrilement des sandwiches.

— Beaucoup de beurre ! recommandait la petite.

Augereau continuait à s'expliquer :

— ... Deux camions Berliet de quatre tonnes, capitaine. Probablement immatriculés : Seine... Très vraisemblablement : itinéraire par La Ferté, Carrouges et Sées... Si vous pouviez prévenir les brigades. Merci ?... Un barrage en forêt d'Écouves, ce serait parfait ! J'ai prévenu mes collègues de Sées et d'Alençon... Ils viennent de partir il y a quelques minutes. Je saute dans ma voiture, et je fonce !... Merci, capitaine !

Il avait raccroché, avait enfilé un blouson fourré que lui tendait sa fillette, avait regardé Marie-Anne distraitement :

— Ils vont faire un barrage !

Il avait raflé le sandwich, l'avait collé dans sa poche ventrale...

— Où est Carbonnier ?

— Voilà ! fit celui-ci, encore essoufflé d'avoir couru. Qu'est-ce qui se passe ?

— Un coup fumant ! Je t'explique en route. Viens !

En passant près de la table, il avait saisi le sucrier, avait ouvert la poche du blouson de cuir de Carbonnier et l'y avait versé.

— Allez hop !...

Carbonnier fonçait déjà. Sur le seuil, Augereau s'était retourné vers sa cousine.

— Excuse !

Il avait déjà disparu.

— Eh bien, dit Marie-Anne. Quel départ précipité !... Et ta maman ?

— Oh ! elle doit revenir sans courir, dit Éliane. Elle a l'habitude.

Elle aperçut soudain quelque chose dans le buffet entrouvert.

— Oh ! il a oublié...

Elle saisit une petite gourde gainée de cuir tressé et coiffée d'un minuscule gobelet vissant. Elle courut vers le garage...

— Papa !

Un bruit de moteur lancé à bloc, seul lui répondit. En une seconde, la vieille Vedette, dont on n'attendait pas ce comportement de bolide, avait traversé la courette et pétaradait déjà dans les rues de Domfront.

Éliane revint dans la salle.

— Qu'est-ce que c'est ? demanda Marie-Anne.

— De la goutte, pour se soutenir, dit la petite.

Marie-Anne tiqua un peu.

— Eh bien, ce n'est pas un grand mal.

La fillette la regarda et lui sourit.

— Tu ne bois pas d'alcool, tu es une sportive ?

— Si l'on veut, convint Marie-Anne.

Éliane secoua la tête, remit la bouteille en place.

— Papa, il a horreur du sport !

*

Sur la route, hurlant ses explications, fonçant dans sa guimbarde de six ans d'âge à près de cent trente à l'heure, avec son rail encore bleu à l'avant, prenant des risques à chaque virage, Augereau trouait de ses phares la noirceur de la forêt d'Andaine.

*

À une allure plus modeste, le convoi poursuivait sa route.

Pierrot avait toujours Brigitte à cinquante mètres devant lui. Tout paraissait marcher normalement. À la sortie de La Ferté, Pierrot avait reconnu la route, celle de Carrouges et de Sées. C'était sans doute la plus grimpante, mais peut-être la plus sûre ; certainement moins surveillée que la nationale 24 ou la nationale 12.

Sur la banquette de Caroline, Léon et Bernard soupiraient.

— On ne dépasse pas le soixante-dix. On va être à Paris à quelle heure ?

Léon étendit la main pour brancher sa radio.

— Je m'en vais leur piquer les fesses !

Il actionna le dispositif et appela, plusieurs fois :

— Caroline appelle Brigitte. Caroline appelle Brigitte...

Il y eut un temps mort, puis le récepteur cracha, au milieu d'un bruit diffus :

— Ici, Brigitte. J'écoute !

— Tu cueilles les fraises ? demanda Léon. On se traîne comme des limaces.

— Cause à Alphonse, dit Brigitte. Moi, je respecte les ordres.

Mais justement Alphonse intervenait :

— Ici, Alphonse ! Caroline est priée de fermée son clapet !

*

Le haut-parleur éructait péniblement des mots pour la plupart incompréhensibles. On prononçait les prénoms indicatifs de Caroline, de Brigitte, semblait-il ; mais pour le reste, c'était comme un grasseyement indistinct.

— Que disent-ils ? demanda le brigadier Loinard.

Le gendarme Gendron avait le casque aux oreilles et cherchait à mieux ajuster les manettes du camion-radio. Il écarta les bras, impuissant.

— Comprends rien ! Ils doivent être loin. Ils sont deux ou trois à correspondre.

— Vous croyez que c'est le convoi annoncé ?

— Ça a l'air de bouger, dit Gendron. C'est tout ce que je peux dire.

*

Pierrot conduisait son camion, sans histoire.

La légère appréhension qu'il avait eue au départ : le fait de dépendre entièrement d'une initiative qui lui échappait, disparaissait peu à peu. Il sautait aux yeux que Marcel Rousseau était un chef et qu'il savait organiser son convoi. Le mieux, en pareil cas, est toujours d'être prêt à l'exécution.

Le rythme de marche lui était commandé par la Brigitte qu'il avait devant lui. Pour les ordres venus de l'avant, il y avait le motard Dédé pour faire la jonction. Quant à lui-même, s'il lui arrivait quelque chose, il n'avait qu'à ralentir et faire ses appels de phare ; immédiatement Brigitte et Caroline mettraient Marcel Rousseau au courant.

Pierrot avait un demi-sourire aux lèvres. Il allait être confortablement payé pour une nuit de travail. Il était vraisemblable de penser que cette nuit ne resterait pas unique dans les annales. Et, par ailleurs, il avait la ferme intention de prendre du galon. Tout cela était excellent pour entretenir le moral.

Puis il y eut un cassis, un cahot entre mille, qui le fit bouger un peu sur sa banquette. Et, sapristi, quelque chose le piqua au bas des reins...

Quelque chose qu'il se mit à chercher de la main droite dans la rainure du siège, tout en continuant à conduire.

Il n'eut pas à chercher longtemps. Il ramena un objet bizarre, une espèce de demi-cercle élastique en écaille... Il resta interdit une seconde, puis il comprit ; c'était le truc, enfin le machin, quoi, qui tenait les cheveux de Marie-Anne. Il avait dû glisser lors des péripéties de l'essai à vide, et la jeune fille n'avait pas dû s'en rendre compte.

Le sourire de Pierrot s'accentua. Il n'avait pas encore trouvé de nom à son camion et n'avait pas de fétiche... Eh bien, le fétiche était trouvé. Et quant à la marraine...

Pierrot se mit à siffloter, joyeux.

*

21 h 18, nota le gendarme Gendron sur son carnet. *Arrêt au kilomètre 22 de N. 808*.

Le fourgon radio était sur le côté de la route, un peu en travers. Le brigadier Loinard était descendu et donnait les ordres aux deux motards, les gendarmes Lecas et Blaireau.

Sur cette nationale 808 qui traversait une partie de la forêt d'Écouves, la circulation était quasi nulle à cette heure de la nuit. Le silence était total. On entendait seulement le frissonnement des arbres, dans la nuit.

— Deux Berliet de quatre tonnes ? demanda Lecas. Ce devrait être facile à repérer. Mais un véhicule doit probablement leur faire « le devant ». Sait-on ce que c'est ?

— Dispositif habituel, fit le brigadier. Portez-vous à un kilomètre en avant, et dissimulez-vous. Vous laissez passer toutes les voitures particulières, mais vous refermez le dispositif derrière les camions... Si toutefois ils passent par ici ; si le tuyau est bon ; si nous n'avons pas été avertis trop tard...

Lecas et Blaireau enfourchèrent leur machine et disparurent dans la longue côte qui traçait sa tranchée sinueuse dans la forêt.

*

Augereau pilotait à toute vitesse. Il traversa l'agglomération de Carrouges, klaxon bloqué, sans ralentir.

C'était un nœud de routes, il le savait. De Carrouges, le convoi pouvait aussi bien s'être dirigé sur Argentan, sur Alençon, ou sur Sées.

C'était Bardin qui avait parlé de Sées. Et dans ce genre de combat, il ne fallait pas trop finasser, et se fier aveuglément aux indicateurs.

Il prit donc la route de Sées et ne le regretta pas. Moins d'un kilomètre plus loin, il prit dans ses phares l'arrière d'un camion.

Augereau et Carbonnier se regardèrent. Tombaient-ils sur les fraudeurs ou sur un honnête routier qui faisait sa route de nuit ?

Un virage les éclaira, dans toute la signification du terme. Dans la lumière du camion qu'ils avaient rattrapé, il y en avait un autre, d'aspect vétuste. Et devant celui-ci, un autre six roues qui paraissait être la réplique du premier. Un convoi !

Alors Augereau ralentit, coupa ses phares, et se mit à suivre le camion immatriculé 75, à moins de trois mètres, perdu dans l'angle mort.

*

— Je ne suis pas mirot, dit Bernard qui pilotait Caroline. La bagnole n'a pas tourné, je suis certain que le mec a coupé son jus et qu'il nous file le train.

— Donne un coup de projo ! conseilla Léon. On va voir comment ça réagit.

Bernard appuya sur un bouton...

Augereau qui suivait les feux rouges au plus près, freina malgré lui, brusquement aveuglé. Un puissant projecteur avait été soudainement allumé à l'arrière du camion. Il se protégea les yeux trop tard, déjà pleinement ébloui.

— Cette fois, fit-il, il n'y a plus aucun doute !

Le camion avait repris une trentaine de mètres d'avance.

Dans le rétro, Bernard pouvait voir nettement la voiture suiveuse qui zigzaguait un peu à l'arrière.

Léon avait empoigné le walkie-talkie :

— Allô, Alphonse !... Caroline appelle Alphonse ! Caroline appelle Alphonse !...

*

Dans la D.S., Rousseau qui pilotait écoutait en même temps qu'Alphonse l'appareil qui crachait d'une voix saturée :

— On a une sangsue au cul ! Ici, Caroline... On a une sangsue...

Pas un pli du visage de Rousseau n'avait bougé. Il claqua simplement la langue, agacé.

— Qu'il fasse ce qu'il a à faire, et qu'il parle moins !

— Allô ! fit Alphonse... Allô !... Envoie-lui le projo en pleine poire ! Et dis-nous ce qui se passe !

L'appareil eut un déclic, et la réponse fut éructée, immédiate.

— C'est déjà fait ! Il insiste !

Rousseau se pencha lui-même sur le micro et ordonna, laconique :

— Alors, fais donner la garde !

*

Augereau et Carbonnier étaient tendus à l'extrême.

Ils avaient rabattu chacun leur pare-soleil, mais l'éblouissement restait gênant.

Carbonnier avait sorti son revolver et passait le bras dehors, prêt à tirer. Le but était évidemment le projecteur à faire éclater, mais la cible n'était pas particulièrement facile à toucher.

Posément il cracha une balle, puis une autre : sans aucun résultat. Il allait tirer une troisième fois lorsqu'un étrange phénomène se produisit. Un nuage parut soudain sortir du sol, un joli nuage irisé où jouaient les lumières croisées du projecteur et des phares. L'espace d'une seconde ou deux, tout cela parut irréel, comme lorsqu'on est brusquement jeté dans une nappe de brouillard dense.

Puis Augereau comprit.

— Ils vaporisent de l'huile !

Il freina, mais déjà le pare-brise se couvrait d'une épaisse couche gluante, brouillant tout, diffusant la lumière à tel point qu'on ne voyait plus rien.

Augereau n'essaya même pas de mettre en route les essuie-glaces. Il avait déjà entendu parler de cette technique par certains de ses collègues, mais c'était la première fois qu'il se trouvait aux prises avec elle. Comme le calmar ou la seiche qui lance de l'encre, l'adversaire voulait l'aveugler pour prendre la fuite.

L'une des qualités d'Augereau était la ténacité ; quand il avait croché, il ne voulait plus lâcher. Il dit : « les vaches ! », classique ; puis continua à piloter en sortant à moitié la tête par la vitre baissée.

Le nuage d'huile lui fouettait le visage ; tout cela entrait dans les cheveux, dans le nez, dans les yeux. Il se mit à tousser, à pleurer, mais il suivit, bientôt noir comme un chauffeur de locomotive.

*

Tout en conduisant la D.S., Rousseau écoutait, sourcils froncés, la voix crachotante de l'appareil.

— ... lui ai filé une giclée... il colle toujours !... Qu'est-ce que je fais ?

Alphonse se tourna vers le patron.

— Vous avez entendu ?

Rousseau avait ralenti, cherchant un endroit où se garer sur le bord de la route.

— Je serais curieux de voir ça, murmura-t-il.

Ses phares lui indiquèrent un espace herbeux. Il s'arrêta.

— Dis à Caroline de faire ce qu'il sait : la taille au-dessus... Dis à Brigitte de passer à quatre-vingt-cinq, et au motard à faire le devant à cette allure.

— Le petit gars ne va pas pouvoir suivre, remarqua Alphonse.

— Vaut mieux ne paumer que lui, que de paumer tout le monde, dit Rousseau. Exécution !

*

Pierrot avait dans l'oreille le bruit de son moteur qui peinait dans une montée.

Soudain, il lui parut que Brigitte, devant lui, commençait à le distancer. Il jeta un coup d'œil dans son rétro : derrière lui, il n'apercevait plus les phares de Caroline.

Un regard sur l'indicateur lui montra qu'il roulait encore à soixante. Il accéléra à fond, réussit à remonter à soixante-cinq, puis soixante-dix, mais il sentait que son zinzin commençait à chauffer dur.

Il connaissait la côte, l'une des plus longues du parcours. Elle le portait au point culminant de la route, et probablement de toute la région Ouest, plus de quatre cents mètres d'altitude ; il n'était pas question de la monter dans l'élan, il devrait d'un instant à l'autre se rabattre sur les intermédiaires, et ne pas rater son double débrayage, sinon... c'était sept kilomètres de montée à quinze à l'heure maxi.

Devant, Brigitte s'envolait littéralement. Il actionna précipitamment ses phares, cinq ou six fois, sans aucun résultat. On le laissait tomber !

Alors, il se trouva soudain très seul sur cette route déserte. Plus personne devant, personne derrière. Deux tonnes de camelote en fraude, le radiateur qui allait fumer d'un instant à l'autre...

Il prit le parti de rétrograder. Mieux valait se mettre définitivement en retard, mais conserver un camion en état de rouler !

Hélas ! il ne pilotait plus une camionnette légère. Il avait deux tonnes de marchandises, autant de poids mort, et un vieux moulin délabré. À peine eut-il levé le pied que la vitesse tomba. Il rata une fois, deux fois le passage de la seconde, et comprit qu'il lui fallait s'arrêter et repartir à l'allure du pas.

À ce moment, deux phares brillèrent derrière lui. C'était Caroline.

Pierrot essaya de faire un signe du bras, par la portière, mais déjà Caroline le doublait sans prendre garde à lui.

Derrière Caroline, il y avait une vapeur diffuse, comme si le camion avait une fuite de fuel. Et dans cette nappe, une voiture noire et engluée comme au sortir d'un puits de pétrole, suivait sans perdre un pouce.

Il comprit qu'il se passait quelque chose de pas ordinaire et, sagement, il prit la première allée forestière qui s'offrait à droite, avec ses ornières de quarante centimètres.

*

Augereau sentait que la conduite de sa voiture devenait de plus en plus difficile. Le fuel vaporisé se collait aux pneus et commençait à les rendre plus glissants que des boules de billard.

Carbonnier, demi-sorti, les doigts protégeant ses yeux du brouillard gluant, visait maintenant les pneus du gros camion. Mais ceux-ci étaient cachés et la cible devenait difficile. Pratiquement, dans ce brouillard, on ne voyait plus qu'une forme diffuse blanche qui fuyait à l'avant.

*

Léon s'assura qu'il n'avait qu'une poussée à donner pour faire tomber le fût de cinquante litres.

Par la fente de la bâche, il observait la voiture suiveuse, perdue dans son brouillard lumineux. Bernard, au volant, ralentit un peu. Et quand la Vedette ne fut plus qu'à une dizaine de mètres, Léon poussa le fût en écartant la bâche.

Choc soudain, imprévisible.

Augereau n'eut même pas le temps de voir l'objet qu'il percutait déjà dedans.

Il y eut comme une explosion de lumière ; c'était le contenu du tonnelet éclaté qui fusait comme une vague de marée d'équinoxe.

Le rail, en défonçant le tonneau, avait évité à la voiture tout accident majeur ; mais le choc avait été suffisant pour amorcer un dérapage. Augereau se retrouva bloqué en travers de la route, sa voiture gluante d'un mélange de fuel et de gniaule. Augereau n'insista pas. Le flot d'alcool qui venait de se déverser sur le moteur brûlant dégageait des gaz particulièrement inflammables. Il coupa rapidement le contact.

Il sortit de la Vedette, comme ahuri par le silence subit. Le camion blanc disparaissait dans un virage...

— Encore un coup pour rien ! souffla-t-il tristement.

*

— Ici, Caroline... La sangsue a perdu le contact... Ici, Caroline...

Dans la D.S. noire arrêtée au bord de la route, Rousseau pouvait entendre le message de Caroline. Sa portière était ouverte ; il entendit aussi le bruit du camion qui arrivait, en même temps que les phares éclairèrent la route au sortir du virage.

— Dis-lui de stopper ! ordonna-t-il à Alphonse.

Il sortit lui-même et se mit sur le côté de la route, levant le bras en faisant le signe stop, dès qu'il fut dans la lumière des phares.

On entendit la voix d'Alphonse qui disait dans le micro :

— Allô ! On est là. Stop à côté de nous !

Il y eut le « pchiouc » des Westinghouse. Docile, Caroline s'arrêtait. Léon se pencha et renseigna tout de suite.

— Il a son compte !

Rousseau s'approcha et demanda d'une voix brève :

— Qui est-ce ?

— Je n'en sais rien, dit Léon. Ils étaient deux, et ils en voulaient.

— Des « volants » ?

— Ça m'en a tout l'air !

Léon ouvrit la portière et fit mine de descendre. Rousseau l'arrêta de la voix.

— Qui est-ce qui t'a dit de descendre ? Où est le petit gars ?

— Je l'ai doublé, dit Bernard. Il ramait à cinq à l'heure, avec son U. 23. Mais je crois qu'il a dû faire la coupure. Il a vu les gars qui nous collaient aux fesses.

— Espérons ! murmura Rousseau.

Il revint vers la D.S., se réinstalla au volant.

— On va aller voir ça de plus près !

Mais il était à peine assis, qu'il y eut dans l'air comme un froissement sec. Des détonations !

Cela provenait de devant, à deux ou trois kilomètres de là, à en juger par l'absorption. D'abord des coups isolés, puis un bruit plus frangé de mitraillette.

Il n'y avait pas besoin de faire un dessin ; tout le monde avait compris : Brigitte venait de se faire accrocher !

*

Dans son allée forestière, Pierrot avait arrêté son moteur et sauté à bas de sa cabine pour attendre les événements. Il entendit aussi les détonations qu'un curieux écho paraissait répercuter.

Il secoua les doigts et murmura, soudain oppressé :

— Le coup dur !

Le combat, car en définitive ce fut bien la technique même d'un combat, se déroula en quelques minutes.

Comme on put le reconstituer par la suite, ce fut le motard (qui pour la police resta inconnu) qui déclencha l'affaire.

Il roulait à quatre-vingt-cinq, suivant les ordres qui venaient de lui être donnés. À cinq cents mètres suivait Brigitte.

Les pièges des gendarmes auraient dû fonctionner normalement, mais le motard de la bande des fraudeurs roulait en surveillant continuellement les bas côtés de la route.

Incontestablement, il dut apercevoir l'ombre ou le reflet des motos des gendarmes. Il envoya aussitôt son message que le gendarme Gendron du camion-radio coucha sur son rapport : « Brigitte ! Demi-tour immédiat ! »

Le camion Brigitte dut exécuter l'ordre aussitôt. Il bloqua en quelques dizaines de mètres et commença, sur place, son demi-tour, en empiétant carrément sur le taillis.

Le gendarme motocycliste Lecas et son collègue Blaireau hésitèrent un moment. Ils ne voyaient pas le camion ; mais ils avaient entendu le crissement de ses freins. Ils avaient ordre de laisser passer un convoi de deux camions... ils attendirent.

Ce fut le chef Loinard qui déclencha l'alarme à l'écoute du message au camion Brigitte. Il n'avait pas de liaison radio avec ses agents motorisés, et il comprit que le convoi allait faire demi-tour. Il tira en l'air deux coups de son revolver, pour prévenir Lecas et Blaireau.

Au moment même où il tirait, l'homme à la 600 Triumph arrivait à une centaine de mètres, phares éteints. Il dut croire qu'on tirait sur lui. On retrouva à cet endroit trace d'un dérapage digne d'une course sur cendrée et qui, selon le chef Loinard, « fit des étincelles ».

Le motard exécuta donc un demi-tour étourdissant et repartit, pleins gaz, d'où il venait.

Les traces de sang relevées par la suite, le furent beaucoup plus loin, à près de trois kilomètres de là. Il ne semble pas que l'homme ait été blessé à cet endroit. Mais il est beaucoup plus vraisemblable que c'est en passant entre les deux gendarmes motocyclistes qui se préparaient à redescendre sur le camion-radio, qu'il reçut une ou plusieurs balles dans le corps.

D'un commun accord, Lecas et Blaireau prirent les coups de feu déjà tirés pour les sommations d'usage. Lorsqu'ils virent le motard qui s'enfuyait, ils tirèrent presque en même temps, l'un avec son revolver, l'autre avec sa mitraillette.

Lecas et Blaireau avaient des Gillet rapides, mais la 600 Triumph était sur sa lancée et était capable d'une accélération foudroyante. L'homme fit « le trou » si rapidement que les deux gendarmes, habitués aux poursuites, comprirent qu'ils n'avaient aucune chance. Ils se lancèrent à fond, néanmoins.

Mais ce qu'ils rattrapèrent tout d'abord, ce fut le camion Brigitte qui s'enfuyait.

Lecas, plus ancien dans le grade le plus élevé, prit l'initiative d'arrêter le camion. Il fit un geste à Blaireau, l'invitant à poursuivre le motard.

Ils doublèrent le camion en trombe et, tandis que Blaireau continuait, pleins gaz, Lecas se rabattit dans la lumière du phare faisant impérativement du bras le signe de stopper.

Il essaya de ralentir, mais il comprit immédiatement que le camion n'hésiterait pas à le bousculer, et au besoin, à lui passer sur le corps.

Il se rangea donc sur le côté, roulant sur l'herbe. Il avait tiré son revolver et ouvrit le feu dès que le camion fut à sa hauteur.

Il atteignit la vitre de la cabine et très vraisemblablement le pare-brise. Mais la réaction fut immédiate. Il dut stopper net pour ne pas être balancé dans le fossé.

C'est alors que, relégué à l'arrière, il vit l'opération. La porte à layon du camion avait été baissée et les fûts défilaient, roulaient sur la chaussée, rebondissaient... L'intention des fraudeurs était à la fois de vider le chargement compromettant et d'encombrer la route.

Le camion-radio qui suivait à quarante secondes s'en trouva d'autant plus retardé. Mais il avait donné l'alerte générale.

Le gendarme Lecas poursuivait à dix mètres en arrière. Il n'essaya même pas de tirer dans les pneus, et vida son chargeur à l'intérieur du camion. Il obtint comme résultat de faire cesser la projection des tonneaux d'alcool.

Augereau et Carbonnier entendaient la fusillade.

Ils comprirent immédiatement qu'un retournement s'opérait et que le convoi avait buté contre le barrage.

La Vedette était toujours en travers de la route gluante. Ils avaient levé le capot pour tenter de nettoyer et repartir au plus vite. Ils entendirent arriver la Triumph qui passa dans un éclair, et qu'ils prirent d'ailleurs pour une moto de la police.

La moto de Blaireau passa une quinzaine de secondes plus tard et ralentit en les voyant ainsi engager la route.

— Qu'est-ce que vous faites là ?

Ils se nommèrent. Le policier arrêta sa moto.

— Le deuxième camion est passé ?

— Non.

Le dispositif était donc fermé. Blaireau jugea inutile de poursuivre le motard qu'il n'avait aucune chance de rattraper. Il mit sa moto également en travers et fit face, mitraillette au poing.

Dès que Brigitte parut, il ouvrit le feu. Le camion paraissait fou et dévalait la pente à une allure record. Même s'il voulait s'arrêter, il était visible qu'il ne pourrait éviter les obstacles.

La mitraillette lâcha une rafale. L'un des phares éclata et on entendit un puissant freinage : le conducteur était surpris.

Mais l'homme savait conduire, et était prêt à tout. Il eut un réflexe de combattant et fonça sur la moto et l'homme qui tirait encore.

Blaireau eut juste le temps de se jeter dans le fossé. Dans un choc d'une violence inouïe, le quatre-tonnes se frayait son passage, faisant littéralement voler la grosse moto, et bousculant la Vedette au capot levé qui s'en alla échouer, épave retournée, dans le fossé.

Que se passa-t-il ensuite ? Direction faussée, ou commotion du conducteur... Le camion roula une cinquantaine de mètres, puis quitta la route à son tour, comme absorbé par la forêt.

Il y eut encore un bruit d'écrasement. Le moteur s'arrêta net, ce fut le silence.

Encore surpris, Augereau, Carbonnier et le gendarme se précipitèrent.

Le camion était là, l'avant engagé sur un jeune arbre qui avait plié sans rompre. Mais à l'intérieur, il n'y avait plus personne.

Lecas, dont la moto était intacte, essaya de chercher un instant entre les arbres, avec son phare. Il tira un coup de feu sur une ombre fuyante et n'insista pas.

— On nous annonçait deux camions, dit-il. Où est le deuxième ?

Le brigadier Loinard arrivait avec le camion-radio. Il fallait se rendre à l'évidence : l'un des deux camions annoncés du convoi s'était volatilisé.

*

La moto du gendarme Blaireau était hors d'usage. Et il était probable que la Vedette d'Augereau venait de terminer sa carrière.

Lecas partit donc seul pour refaire lentement le trajet en sens inverse. Il venait de voir les débris de la moto de son collègue ; il était à cran, prêt à tirer à vue.

Mais il ne vit rien, même en s'engageant dans un chemin de fardier qui conduisait à une coupe.

Il faisait nuit noire, et il n'avait que la ressource de son phare pour trouer l'obscurité.

Il ignora toujours que, cible vulnérable et inconsciente, il passa à moins de dix mètres d'une carabine à canon scié qui le suivait sans le lâcher d'un pouce.

C'était Alphonse, au dur masque de tueur, qui le tenait en joue. Et près de lui, impassible, Rousseau observait, prêt à donner un ordre.

Un peu plus loin, derrière une « corde » de bois coupé d'un an, le camion Caroline attendait avec ses deux hommes à bord, silencieux comme des spectres, mais la main sur le démarreur, prêts à foncer si c'était nécessaire.

Lorsque le motard fit lentement son demi-tour au milieu des souches, ils ne purent s'empêcher de pousser un soupir de soulagement.

Ils virent la lumière danser encore un moment, puis disparaître entre les arbres.

— On a du pot ! constata Bernard.

Mais Léon haussa les épaules.

— Tu crois ça ? Ils ne vont pas laisser ça là ! La radio doit fonctionner à pleins tubes. Ils vont cerner la forêt.

Il étendit la main vers le walkie-talkie.

— Tu crois qu'on peut les entendre ? demanda Bernard.

— Ça m'étonnerait, dit Léon. On n'est pas à la même longueur d'onde.

Il mit le contact, pourtant. Et aussitôt, faiblement, il entendit la voix.

— Ici, Pierrot ! Ici, Pierrot !... M'entendez-vous ?... Ici, Pierrot ! Il y a un coup dur... Répondez-moi ! Ici, Pierrot !...

Les deux hommes se regardèrent. Cela avait l'air d'un piège... Pierrot, c'était le prénom du petit gars de l'U. 23. Mais il n'avait pas de radio à bord.

*

Gendron aussi pouvait entendre l'appel, dans le camion-radio.

Il avisa son chef.

— Il y en a un qui rame à proximité, chef !

Léonard venait de découvrir le walkie-talkie hors d'usage sur le camion défoncé. Était-ce l'autre camion qui correspondait, ou bien le motard qui s'était arrêté un peu plus loin ?

Ils entendirent des cris et des appels, à proximité. Le chef se précipita dehors, tandis que Gendron restait à son poste.

Le haut-parleur fit entendre un déclic et cracha d'une voix rauque et déjà monotone :

— Ici, Pierrot... Poste 4 appelle Alphonse... Répondez-moi, bon Dieu ! Y a un coup dur !...

Il y eut de nouveau un déclic. Puis une voix brève, brutale, ordonna soudain :

— On t'entend ! Ta gueule !

*

Augereau et Blaireau ramenaient un homme. C'était Renaud, le convoyeur de Brigitte.

Il avait une longue estafilade au front. Il était blême et tremblait, mais il persistait à jouer un étonnement qui sonnait lamentablement faux.

— Qu'est-ce qui vous prend ? Je n'ai rien fait !... Qu'est-ce que j'ai à en foutre de ce camion ?... Connais pas !...

— Alors, qu'est-ce que tu fais dans la forêt ?

— Je me balade, quoi ! C'est permis, oui ?

Le gendarme Blaireau, taillé en force, l'avait empoigné au collet et le soulevait de terre, furieux.

— C'est toi qui m'as foncé dessus, dis ?... C'est toi ?

— Je... Je ne vois pas ce que vous voulez dire...

— Eh bien, je vais te montrer, moi, ce que je veux dire !

Ce ne fut pas un coup de poing, mais un à-plat de sa grosse main qui écrasa un instant le visage de Renaud.

— Tu vas parler, hein ? Tes papiers !

L'homme tremblait. Il faisait encore front, mais on le sentait prêt à s'effondrer...

— Je les ai perdus... Sais pas !...

— Ah ! fit Augereau, sarcastique. Amnésique ?... Qu'est-ce que tu as embarqué à Domfront ?

— Comprends pas !

Le chef Loinard s'approcha à son tour.

— Et Pierrot. Qui est Pierrot ?

— Sais pas !...

Le gendarme Blaireau devint cramoisi.

— Bon Dieu ! je vais te faire parler, moi !... Tentative d'assassinat !

Cette fois, il lui balança son poing en pleine face. Renaud se mit à pleurer, salement.

— C'est pas moi !... Je le jure !... Moi, je balançais les barriques !

— Continue, fit Augereau. Qui commande l'expédition ?

— Je ne sais pas.

Blaireau, toujours furieux, avait encore levé le poing.

— Tu veux parier qu'on t'en fait souvenir ?

— Sincèrement, fit l'homme. On l'appelle M. Marcel. C'est tout ce que je sais.

— Et où conduisais-tu le chargement ?

— Je n'en sais rien, fit encore Renaud. Moi, je suis payé à la nuit. Je ne savais même pas ce qu'on trimbalait.

— Tu parles ! fit sarcastiquement Augereau.

Gendron appelait, du camion-radio.

— Chef !... Le capitaine en liaison. Il vous demande !

Loinard courut rapidement vers le fourgon.

Blaireau repoussa l'homme, ou du moins ce qui

restait d'homme dans la loque qu'il avait devant lui.

— On ferme toutes les routes. Tes copains sont cuits. Tu ferais mieux d'avouer.

Mais Renaud s'était fermé, buté.

— Je n'ai rien à dire. Je demande l'assistance d'un avocat. C'est mon droit.

Augereau éclata de rire, malgré lui.

— Vas-y ! fit-il. Le Droit, j'en connais un morceau. Je m'en vais te conseiller !

Mais l'autre se rebiffa, sensible au sarcasme, haineux et impuissant.

— Mais on ne fait de mal à personne, bon Dieu !... Vous n'avez pas honte de faire un métier pareil ?

Blaireau et Augereau se regardèrent.

— Alors là, fit Augereau. Il n'y a plus qu'à tirer l'échelle.

*

La 600 Triumph était couchée sur la mousse.

Pierrot avait reposé le casque aux écouteurs et débranchait le fil. Il paraissait perplexe.

Le vieux deux-tonnes était là, quelques mètres plus loin, perdu dans la nuit. On entendait une respiration sifflante, âpre, oppressée.

Le motard était étendu, les yeux fermés, les mains croisées sur le ventre les jambes demi-fléchies.

Pierrot hésitait. Il se trouvait devant un cas imprévu et grave. Dédé était touché au flanc droit, sérieusement. Il perdait du sang. Il fallait intervenir avec rapidité.

Dédé avait ouvert les yeux. Il avait le visage creux, encore incrédule devant la gravité de ce qui lui arrivait.

— Alors ?

— Alors, j'ai eu Alphonse...

— Ils viennent ?

Pierrot n'osait pas dire la vérité.

— Ils m'ont dit de patienter. Les flics doivent nous écouter.

— Ah ! Ceux-là ! fit seulement Dédé.

Il referma les yeux. Il pleurait.

— Suis même pas armé, moi. J'ai rien fait !

— Économise-toi, conseilla Pierrot. Ne pense à rien.

Le silence était sur la forêt. Tout près, il y avait une pinède où le léger vent sifflait plus aigrement.

Pierrot avait déjà vu mourir un copain d'une blessure au ventre, dans l'Aurès. C'était l'hémorragie interne qu'il fallait craindre. Si on ne faisait rien, Dédé allait passer la nuit à souffrir de plus en plus, et il mourrait à l'aube. C'était impensable.

— Vaudrait peut-être mieux prévenir les flics, fit-il à mi-voix. Toi, tu ne transportes rien. Je m'en vais démonter ta radio et la mettre dans mon camion. Je t'amène au bord de la route. Tu klaxonnes jusqu'à ce qu'ils viennent. Qu'est-ce que tu en penses ?

— J'en sais rien, souffla Dédé. Je suis bon pour deux ans !

— Rien du tout ! fit Pierrot. Tu passais. Tu as tes papelards en règle. On t'a tiré dessus par erreur. Tu es même bon pour une indemnité ! Et les excuses de la République...

— Je n'aurai pas assez d'estomac, fit Dédé. J'aime mieux que ce soit Marcel qui s'en occupe. Vous autres, vous ne le connaissez pas. Moi, je le connais bien. Il ne va pas me laisser tomber.

— Comme tu veux ! fit Pierrot.

*

Organiser une battue, ce serait pour l'aube. Ce qui importait pour l'instant, c'était la remise en état de la route, l'enlèvement des fûts et des épaves.

Circulation interdite. Déviation à Carrouges et à l'intersection de la départementale 28.

Carbonnier avait cessé de courir après le fugitif. Il s'occupait maintenant avec Augereau de dénombrer les fûts restés sur le camion, en bons agents des « Indirectes » qui auraient à faire un rapport circonstancié.

Les renforts de gendarmerie seraient là dans moins d'une heure et un peloton de C.R.S., caserné à Alençon, arriverait à la fin de la nuit.

Sur la route interdite, les gendarmes motorisés avaient ordre de tirer sur tout véhicule suspect.

*

Rousseau n'était pas un enfant de chœur. Il savait qu'en dix minutes toute une région peut être bloquée. Foncer à mort, comme le proposait Alphonse, équivalait à un suicide.

Il n'y avait qu'une solution. Et le premier chaînon de cette solution était de retrouver la moto.

Ses pas froissaient avec précaution les premières feuilles mortes, suivis d'autres pas qui s'arrêtèrent soudain, en même temps que lui. La carabine à canon scié fut pointée...

Mais il ne pouvait y avoir de doute : c'était bien l'U. 23 de Pierrot qui se trouvait à l'orée d'une pinède.

Pierrot releva la tête et les vit arriver. Il en éprouva du soulagement : il n'allait plus être seul à avoir le sort d'un homme entre ses mains.

— Une balle dans le ventre, renseigna-t-il à mi-voix.

Mais Rousseau restait froid et pratique.

— La moto est en état ?

— Oui.

— Comment vous êtes-vous retrouvés ?

— J'ai planqué mon camion et je suis revenu sur la route. Je lui ai fait signe quand il est passé.

Rousseau s'était approché du motard blessé, très « chef soucieux du moral de sa troupe ».

— Alors, vieux, ça ne va pas ?

— Doucement, fit Dédé avec un essai de sourire. Ils m'en ont filé un au passage.

— Tâche de tenir le coup.

Dédé le regarda, humblement suppliant, à merci.

— Faut faire vite, m'sieur Marcel, s'il vous plaît. Je sens que je m'en vais.

Rousseau lui tapota les cheveux, paterne et rassurant.

— Ne t'inquiète plus de ça. On s'occupe de toi.

Alphonse était resté plus loin, près du camion. Il allumait une cigarette, indifférent. Rousseau entraîna Pierrot un peu à l'écart.

— Il me faut quelqu'un du quartier. Est-ce que tu saurais aller à moto à Sées, par les petits chemins ?

— Ça peut se f aire, dit Pierrot.

— Rapidement ?

— Le plus vite possible. Il faut ramener un toubib ?

Rousseau claqua la langue.

— Il ne s'agit pas de ça. Tu connais l'hôtel du Commerce ?

— Très bien.

— Bon, fit Rousseau. Alors, voilà ce que tu vas faire...

La moto était à une dizaine de mètres, ils se dirigèrent vers elle.

Alors Alphonse, de son pas nonchalant, s'approcha du blessé et s'arrêta devant lui, juste à ses pieds. L'homme debout et l'homme couché se regardèrent longuement. Puis Alphonse eut un clin d'œil, qu'il voulait rassurant. Mais le blessé avait la sueur au front et l'angoisse dans les prunelles.

Pierrot avait remis la moto debout.

Il peinait un peu à rouler la lourde machine sur le sol sablonneux de l'allée forestière. Rousseau ne rechignait pas à lui donner un coup de main, en lui prodiguant les derniers conseils.

— Pour aller, tu n'auras pas trop d'histoires. Pour revenir, ce sera déjà plus dur. Ne perds pas de temps. Et dis bien qu'on fasse vite, c'est une question de minutes.

— Vu ! dit Pierrot.

Il y avait une longue descente dans l'allée forestière qui trouait la forêt. C'était à peine carrossable, avec, par endroits, des blocs de roc qui faisaient saillie. Possible pour la moto ; mais y faire passer la D.S. et les camions serait plus délicat.

Pierrot se mit en selle et, sans mettre le moteur, entreprit de descendre au frein.

Rousseau vit la lumière qui sautait dans la nuit, s'amenuisant petit à petit dans la descente.

Lorsqu'il fut au fond, Pierrot mit le contact et embraya. La grosse moto repartit dans un bruit doux, velouté, étouffé, déjà dans les lointains.

*

Dix heures venaient de sonner à la cathédrale.

Solange était sur le seuil de l'hôtel du Commerce. Elle eut un mouvement d'agacement et se prépara à rentrer.

Le bruit d'une grosse moto la fit se retourner. Quelqu'un qu'on ne voyait pas encore fonçait à travers les rues sinueuses de Sées.

Elle vit la moto déboucher sur la place et décrire un arc de cercle pour venir se ranger devant l'hôtel. Elle reconnut la moto, mais pas l'homme nu-tête.

Pierrot sauta à terre, faillit la bousculer pour entrer, la reconnut.

— C'est vous que je cherche.

— Tiens ! fit-elle, très froide. On se connaît. Mais, qu'est-ce qui se passe ? Voilà une heure que je fais le poireau.

— Coup dur, fit laconiquement Pierrot.

— Je m'en doute !

Il n'y avait plus personne dans la salle de restaurant. Une seule lumière était allumée au-dessus d'une table sur laquelle étaient posés un sac à main et un hebdomadaire illustré.

La jeune femme avait la beauté du diable, haute et ferme, le regard et la poitrine en provocation.

— Comment se fait-il que Dédé... ?

— Il est blessé.

Elle sortit prestement une carte de son sac à main, la déplia sur la table, très brève.

— Où, quand, comment... ? Allez, allez !

Elle était désagréable au possible, et, énervé, Pierrot avait envie de lui coller une gifle. Il fit passer à l'arrière-plan ses humeurs personnelles, pointa un doigt sur la carte.

— Là ! Il y a vingt à vingt-cinq minutes. L'un des quatre-tonnes est déjà paumé... On attend à peu près ici, dans la forêt. Il faut prévenir. Voilà !

— C'est Marcel qui t'envoie ? demanda-t-elle, moins agressive.

— Oui. Il a demandé qu'on fasse vite.

Elle le regarda deux ou trois secondes, comme si elle lui pesait l'âme. Elle était vêtue d'un tailleur sobre, avec une fleur étrange à la boutonnière, à large corolle d'un bleu un peu violacé, avec une touffe de pollen soufré.

Pierrot s'assit, les nerfs cassés, et la jeune femme lui parut soudain grande et hiératique, se dirigeant vers la cabine à porte vitrée, au fond de la pièce.

Elle actionna la manivelle de l'appareil et, en attendant d'avoir la poste, elle demanda :

— Lequel est pris ?

— Brigitte.

— Les gars sont coincés ?

— Je n'en sais rien.

À l'appareil, elle demanda soudain si elle pouvait avoir Paris, et elle ferma brusquement la porte. Pierrot comprit qu'il n'avait pas à connaître le numéro du correspondant.

Presque aussitôt, d'ailleurs, elle rouvrit la porte et le regarda.

— Fais-toi servir à boire, dit-elle. Ça te fera du bien. Les cigarettes et le briquet sont à côté de mon sac.

— Ça suffira, dit Pierrot.

Il remarqua que les cigarettes étaient de simples gauloises bleues. Il avait connu, durant son service à Versailles, une fille qui fumait des gauloises bleues, ostensibles ; une fille à prétentions intellectuelles, dure à jouir, garce... mais qui venait pourtant le relancer jusqu'à la porte de la caserne... Il alluma une cigarette.

De la cabine, Solange le regardait toujours ; mais son visage s'était adouci.

— Comment t'appelles-tu ?

— On ne m'appelle pas, dit-il. On me siffle.

— Mauvais caractère, dit-elle sans animosité. Je ne déteste pas.

Il haussa les épaules.

— Je pense à Dédé, fit-il. Qu'est-ce qu'on va faire pour lui ?

Elle eut un geste vague.

— Marcel doit savoir. Va frapper à la porte du fond et commande-nous deux scotches.

— Je n'aime pas ça, dit Pierrot. Ça sent la punaise des bois.

— Alors, deux calvas, dit la fille. Vive la Normandie !

— Je ne boirai pas ! persista Pierrot Quand j'ai quelque chose de sérieux à faire, je ne bois pas.

— Moi, dit Solange, ce serait plutôt le contraire.

Puis elle fut attentive à l'écouteur.

— Oui ?... Allô, papa ?...

Et elle referma brusquement la porte ; le reste était secret.

Pierrot essayait de retrouver son calme, avec un truc réputé infaillible, assis bien droit, les mains à plat sur les genoux, lâchant des bouffées très lentes de sa cigarette, contrôlant sa respiration.

La porte de la cabine se rouvrit ; un index impératif l'appela.

— Hé, toi !

Il se leva. Solange avait repoussé la porte du pied, l'appareil collé contre l'oreille.

— Combien de litres sur ton camion ?

— Mille huit cent cinquante à soixante-cinq degrés.

— Mille huit cent cinquante à soixante-cinq degrés, répéta-t-elle à l'appareil ; et elle referma la porte.

Pierrot ne tenta même pas d'écouter la conversation. Il traversa la grande salle de restaurant aux trois quarts plongée dans l'ombre. À la porte du couloir, une vieille femme au visage réhydraté, recouturé, blet, ignoble, de septuagénaire sur la brèche, lui dit avec une douceur toute commerciale :

— C'est vous le monsieur de mademoiselle ?

— C'est moi, dit brièvement Pierrot.

— Et M. Marcel ne vient pas ?

Pierrot ne répondit pas.

— Oh ! fit la vieille, M. Marcel, c'est un ami. N'allez pas croire que je pose des questions.

Elle rit, faussement ingénue, pénible.

— Je vous sers quelque chose ? demanda-t-elle.

Mais Pierrot n'eut pas le temps de répondre ; Solange sortait de la cabine.

— Laisse-nous, Sylvia, dit-elle. On a des ennuis.

— Mon Dieu, fit la vieille. J'espère que ça va s'arranger.

— Je l'espère, dit Solange.

La vieille repartit, et la jeune femme referma la porte de la salle de restaurant.

— Alors ? demanda Pierrot.

— Alors, il faut attendre.

— Qu'est-ce qu'il fait, votre père ?

Elle ne parut pas surprise, remarqua simplement :

— Ah ! On écoute aux portes ?

— Je n'ai pas écouté.

— Mon père... fit-elle. Qu'est-ce que ça peut bien te faire ?

— Rien, dit-il. Pourvu qu'il fasse vite, c'est le principal.

Elle avait pris une cigarette et l'allumait.

— Pour ça, il faut reconnaître, c'est une de ses qualités. Il agit rapidement.

Elle fronça soudain le sourcil...

— Pierrot, n'est-ce pas ? C'est bien ça ?

— Oui.

— J'ai horreur de ça, dit-elle. Chercher un nom qui vous échappe...

Elle désigna la fleur qu'elle avait à la boutonnière.

— Cette fleur, demanda-t-elle, le nom de cette fleur... ? C'est en train de me gâcher la soirée. Par ici, ils ont des noms idiots. Mais le vrai nom, le sais-tu ?

— Colchique, dit Pierrot.

Le visage de la jeune femme s'éclaira ; durant un instant, elle redevint presque enfantine.

— Colchique ! dit-elle. Mais oui !

Et elle se mit à chantonner :

— *Colchiques dans les prés fleurissent, fleurissent...* Mon Dieu, fit-elle, tu me rends ma jeunesse. Oh ! comme c'est loin, tellement loin !

Dans cette grande salle d'auberge à peine éclairée, on devinait, installées dans des niches, des rangées de bouteilles, de cruchons factices. Une étoile au Michelin, un haut lieu du bien-boire et du bien-manger, rendez-vous d'apprentis-vieillards, d'obsédés du cholestérol.

Solange regardait Pierrot. Elle lui sourit, peut-être un peu trop supérieure.

— C'est à ce moment qu'on sort le compliment, dit-elle... « Votre jeunesse n'est pas tellement loin ! »... ou quelque chose d'approchant.

— Je n'ai pas le cœur à ça, dit Pierrot. Votre père, il est fonctionnaire ?

— Pas bête ! approuva la fille.

Pierrot haussa les épaules.

— Pourvu qu'il fasse vite, répéta-t-il.

— Et qu'il soit bien placé ? ajouta Solange. Rassure-toi, il est très bien placé.

— Un haut fonctionnaire ? Je vois !

— Oh ! fit Solange, désabusée... La hauteur des fonctionnaires des Finances... Je ne sais pas comment ça se passe, dans ton bled, mon vieux, mais, pour moi, j'en suis bien revenue. Cette histoire me donne soif. Quel âge as-tu ?

— Mais qu'est-ce que ça vient foutre là-dedans ? demanda Pierrot, agacé.

— À première vue, rien, dit-elle.

Elle étendit la main, ramena une petite boîte de fine marqueterie. Preste, elle ouvrit, sortit un jeu de cartes.

— Tu joues ?

— Non.

Solange soupira.

— Ce n'est pas pour dire, mon vieux, mais tu es difficile de conversation ! Tu ne dois pas avoir les filles au baratin !

— Il y a des heures pour causer, dit Pierrot. Mais si ça ne vous fait rien, je me détends. J'ai encore un tas de trucs à faire, moi !

— Très juste ! fit Solange.

Elle le regarda effrontément.

— Tu aurais bien des choses à apprendre, Pierrot ! Mais c'est peut-être une chance de m'avoir rencontrée.

Il y avait une banquette, le long du mur. Elle s'y assit, fit sauter ses chaussures et replia ses jambes sous elle.

— Je connais papa, il va me rappeler d'ici un quart d'heure, vingt minutes. Qu'est-ce qu'on pourrait faire, pour se détendre, hein, Pierrot ?... Je ne suis pas ton genre ? Quel genre de filles y a-t-il à Domfront ?

Pierrot jeta sa cigarette à demi consumée sur le parquet. Il se leva.

— Il y a un type qui est en train de crever, bon Dieu ! Vous ne pouvez pas vous mettre ça dans votre petite tête ?

— Qu'est-ce que tu veux que j'y fasse ? fit calmement Solange... Comme il est beau quand il est en colère !

Elle se fichait de lui, ouvertement.

— Je vais attendre dehors, dit-il, ça vaudra mieux.

Il se dirigea vers la porte. Solange sauta sur ses pieds.

— Attends !... Tu me fais faire un tour en moto ?

— Non.

Elle se pinça.

— Oh ! dis, ça va !... Un peu à toi de jouer ! On ferme boutique de bonne heure à Domfront ? Ou alors, quoi ? Je ne te dis rien ?

— Putain ! fit Pierrot.

Elle ferma les yeux.

— Il va me battre, fit-elle. Vas-y, Pierrot !... On peut en faire, des choses, en vingt minutes, tu sais !

Pierrot était resté sur place ; il la regardait. Elle rouvrit les yeux.

— Non, fit-elle. Il ne sait pas ! Ma parole, il ne sait rien !

Elle partit dans un fou rire, s'approcha de lui, l'embrassa.

— Mon pauvre petit gars, dit-elle, tu ne sais vraiment pas où tu mets les pieds !

— Qu'est-ce qu'on va faire pour le copain ? demanda Pierrot. Est-ce que c'est votre père qui va nous dire ça ? On ne peut pas le trimbaler à Paris, il sera mort avant d'arriver ! C'est ici qu'il faut faire quelque chose ! Et c'est vous qui devez le faire ! Qu'est-ce que vous décidez ? C'est ça qui m'intéresse !

Elle changea instantanément de visage, devint hideuse, haineuse.

— La ferme !

Elle plissa méchamment les lèvres.

— Si tu ne veux pas perdre ta place, ne te mêle pas de ce que doivent faire les autres, compris ? On est bon avec toi, profites-en, et boucle-là !

— Je te jure qu'il y a des coups de pied au cul qui se perdent ! dit Pierrot.

Il était devenu blanc de colère. Il se contraignait au calme. Un instant ils se regardèrent, ennemis ; ce fut elle qui rompit.

Elle changea de visage, de nouveau « ensorceleuse » de barrière.

— Je suis un peu saoule, Pierrot. Mais je sais toujours ce que je veux. On fait la paix ?

Elle prit la fleur à sa boutonnière, la lui tendit.

— Tiens !... Après tout, tu as peut-être raison. On se connaît encore mieux que si on avait fait l'amour !... Tiens ! Tu n'en veux pas ?

Pierrot prit le colchique.

— C'est du poison, fit-il. Les vaches en crèvent.

— Mort aux vaches, dit la fille. C'est parfait.

La sonnerie du téléphone retentit.

— Tiens ! fit Solange. Papa bat tous ses records !

Mais elle était redevenue sérieuse, l'œil lucide, plus du tout chèvre hystérique. Elle entra dans la cabine et referma la porte.

Pierrot revint à la table, prit machinalement les cartes qu'il se mit à battre distraitement.

Il entendit qu'elle l'appelait ; il ne bougea pas et fit seulement :

— Oui.

— La Croix de Médavi, dit-elle. Tu connais ça, dans la forêt d'Écouves ?

— Très bien. C'est un carrefour.

— Bon, dit-elle. Eh bien, va dire à Marcel qu'il n'y aura pas d'ennemi à ce carrefour-là jusqu'à une heure du matin.

*

Lorsqu'il arriva en bas de la côte sablonneuse, Pierrot décida de faire le reste à pied. Les circonstances demandaient une approche silencieuse.

Il arriva à la pinède et se rendit compte que les autres avaient fait un regroupement durant son absence. Les deux camions étaient là et la D.S. était déjà engagée dans la descente.

Les quatre hommes étaient assis et ne parlaient pas. Ils avaient dû entendre la moto, car ils ne manifestèrent aucune surprise en voyant arriver Pierrot.

Il parut tout de suite à celui-ci qu'il se passait quelque chose d'anormal. Il venait de remplir une mission dans l'intérêt de tous et cependant il se sentait étranger dans ce groupe, non admis.

— Alors ? demanda Marcel.

Pierrot lui dit en peu de mots, et sans commentaires, le résultat de sa mission.

Rousseau avait une carte au cinquante-millième. Il se fit montrer la Croix de Médavi, tel un chef d'état-major.

— Eh bien, on va y aller, les gars !

— Où est Dédé ? demanda Pierrot. Comment va-t-il ?

Rousseau fit la grimace.

— Pas fort !

Pierrot chercha du regard, ne le trouva pas. Un horrible soupçon lui vint.

— Mais... On l'emmène ?

Il lui semblait que les quatre hommes le regardaient. Il s'approcha de la D.S., regarda à l'intérieur : personne.

— Mais vous n'allez pas le laisser crever ici, s'indigna-t-il. Où est-il ?

Rousseau désigna le sable.

— Il est là ! fit-il. Les gars ont creusé. On n'y peut rien !

— C'est pas possible ! souffla Pierrot.

Alphonse le regardait avec insistance...

— Mais non, dit Pierrot. Moi, j'en ai vu, des gars... Ça prend du temps, la blessure au ventre. Ça demande des heures et des heures.

Alphonse s'adressa à lui, brutal :

— T'es pas médecin, non ? Alors, passe la main, tu veux ?

Léon et Bernard remontaient dans leur camion, en apparence indifférents.

— Il faut t'y faire, dit Marcel avec une douceur un peu trop mesurée. Il nous a claqué dans les doigts aussitôt après ton départ.

— Ce n'est pas possible, souffla encore Pierrot.

Rousseau éleva alors la voix :

— Et moi, je te dis que c'est comme ça, petit gars ! Et ce n'est pas le moment de me mettre à cran, je te préviens !

Pierrot secouait la tête. Il ne pouvait que répéter, comme sonné : « Ça va trop loin, ça ! »

— La faute à qui ? demanda Marcel. Tu as vu comment ça s'est passé, petit ? Les « volants » sur l'arrière, les flics devant ! Ce n'est pas un coup de hasard, ça ! Crois-moi ! C'est signé Bardin ! Et je te garantis que Bardin aura de mes nouvelles !

— Ça va trop loin ! répéta Pierrot. Je ne marche plus !

Il y eut un silence. Pierrot devina qu'Alphonse s'approchait derrière lui. Il évita de se retourner, mais eut comme un frémissement de petite mort dans les veines... Des tueurs, voilà ce que c'était. Il avait maintenant la certitude que Dédé avait été « fini » sur place parce que trop encombrant.

Près de huit mille litres au départ, une affaire de dix à douze millions en cinq heures ; qu'était la vie d'un homme là-dedans ? Rien !

— Attends ! dit Marcel avec douceur. Je sais ce que tu penses, Pierrot. Mais Dédé était cuit, sincèrement. Maintenant, je ne force personne. Je paie bien mes bonshommes ; je ne les inscris pas à la Sécurité sociale. À toi de voir.

— C'est tout choisi, fit Pierrot, accablé. Ça va trop loin pour moi.

Alphonse était toujours derrière lui. On ne le menaçait pas, mais il savait qu'il était à merci complète, et que les deux muets de Caroline creuseraient maintenant aussi bien un autre trou, déjà complices.

— On va s'en aller, les gars, dit Rousseau avec une douceur redoutable. Chacun à son poste.

Ceux de Caroline étaient déjà en place, l'ordre ne s'adressait donc qu'à Pierrot. Il ne répondit pas.

— Je prends le camion du petit gars ? demanda Alphonse.

Pierrot se retourna enfin.

— Personne ne touche à mon camion !

Il y eut de nouveau un silence.

— Complique pas les choses, Pierrot, conseilla Rousseau. C'est toi qui le conduiras, ton camion. On veut seulement te donner un coup de main. On ne peut pas laisser perdre la camelote, petit. Il faut comprendre !

Pierrot comprit. C'était, en termes voilés, un ultimatum. Il n'avait plus qu'à sauver la face.

— Je conduirai seul, dit-il. C'est à prendre ou à laisser.

— Je prends ! dit Marcel. Tu ne le regretteras pas.

Alphonse grogna :

— Moi, je n'ai pas confiance.

— Assez ! dit Marcel. Moi, j'ai confiance !

Et il organisa :

— Je fais le devant. Caroline suit, puis Pierrot.

Alphonse récupère la moto en bas et ferme le convoi. Tous à vue. Pas de radio. Compris ?

— Compris ! dirent les hommes.

On entendait un bruit diffus qui venait des lointains, s'approchant de seconde en seconde, un bruit de vent, de piétinement, de multitude.

Rousseau étendit la main et constata, volontairement neutre et banal :

— La pluie ! On va l'avoir jusqu'à Paris. C'est parfait !

*

La pluie tombait aussi sur Nomville.

Charlotte, la petite bonne taillée en armoire normande, essayait de voir à travers le carreau la noirceur de la nuit. La pluie d'ouest floquait sur les vitres, descendait en rigoles. On entendait le gargouillement des gouttières, le frissonnement des marronniers. C'était le plein automne, le temps des pluies et des feux dans la cheminée.

Des bûches finissaient de brûler dans l'âtre.

— Je crois que je vais me retirer, dit sans conviction le vieux curé.

Mlle Dhozier avait la main dans un sac. Elle la retira, tenant un petit cylindre de bois numéroté.

— Vingt-deux, les deux cocottes ! annonça-t-elle... Tenez, c'est chez vous, monsieur le Curé.

Elle posa le bois sur un carton. Ils jouaient au loto.

— Chez Mathias, fit le vieux curé avec une candeur feinte, ils disent : « Vingt-deux, voilà les flics ! »... Je me demande ce que ça veut dire...

— C'est une grossièreté ! fit Mlle Dhozier.

— Vraiment ? fit le vieil homme avec un air malin. De mon temps, voyez-vous, on m'interdisait de dire : « Vingt-deux, les deux cocottes »... Parce qu'une cocotte c'était... comment dire cela, une femme de mauvaise vie !

— La voilà ! cria Charlotte.

Elle pouvait voir dans la cour la lumière brouillée du vélomoteur, avec son petit bruit de moteur-papillon. Elle ouvrit la porte et se précipita.

Mlle Dhozier avait pris un air pincé.

— Quand on parle du loup...

— Oh ! fit le vieux curé avec reproche. Mlle Marie-Anne n'a rien d'une cocotte.

— Je n'ai pas dit ça ! protesta la directrice. Mais voyez-vous, son cousin Augereau, c'en est un !

— Un quoi ?

— Un... heu... le gros mot que vous avez dit tout à l'heure !

— Un flic ?

Marie-Anne entra. Elle était trempée. Ses cheveux ruisselaient d'eau, sa jupe lui collait aux cuisses.

— Ma pauvre enfant ! fit le curé.

— Elle va prendre du mal, renchérit Mlle Dhozier. On n'a point idée de courir la campagne par un temps pareil !

On la poussa devant le feu. Elle se laissait faire. Elle avait été surprise par la pluie sur le chemin du retour.

— Eh bien, fit Mlle Dhozier, l'est point trop galant, votre cousin Augereau ! L'aurait pu vous reconduire !

— Il avait du travail, dit Marie-Anne.

— Du travail ?

Mlle Dhozier émit un petit sifflement dubitatif.

— Travail pas très apprécié dans la région. N'est-ce pas, monsieur le Curé ?

Le vieil homme se fit apaisant.

— Mlle Marie-Anne n'est pas responsable de ce que fait son cousin.

La jeune fille s'était un peu raidie, devant la cheminée.

— Croirait-on pas que mon cousin est un criminel ?

Mlle Dhozier s'était levée et fouillait dans le bahut.

Elle se rebiffa, tout en sortant une bouilloire d'étain dans laquelle elle versa du cidre.

— Je n'ai point dit que c'était un criminel !

Elle mit le petit pot au milieu des cendres, après avoir écarté les braises chaudes. Puis elle alla chercher du sucre et en mit six morceaux dans le cidre.

Marie-Anne était debout. Elle l'observait sans voir, les mains offertes au feu. Dans toute l'attitude de la Dhozier, elle sentait une hostilité de très vieille demoiselle atteinte dans son autorité... Durant des dizaines d'années, Mlle Dhozier et son

« brevet supérieur » avait été la directrice incontestée qui pouvait faire marcher ses adjointes à la baguette. Elle ne s'était jamais remise du fait que, maintenant, on exigeait des bachelières pour tenir la classe du certificat... Elle en avait déjà écœuré plus d'une. Mais on lui avait fait comprendre que les indispensables bachelières qui consentaient à venir dans ce trou perdu pour des émoluments dérisoires se faisaient de plus en plus rares. Et elle avait assez de finesse pour comprendre qu'en cas de conflit l'autorité diocésaine ne donnerait pas forcément tort à la bachelière.

Marie-Anne n'était pas précisément agressive, mais, comme toutes les filles de vingt ans au caractère droit, elle était championne de la mise au point.

— Une vraie partie de gendarmes et voleurs, fit-elle. Et je vois que vous prenez parti pour les voleurs.

Les trois visages s'étaient tournés vers elle, scandalisés.

— Ah ! ça ! fit la Dhozier. C'est qu'elle va bientôt dire que M. le Curé est un voleur !

— Il ne s'agit pas de ça...

Mais la Dhozier avait un argument ; elle prenait le devant de la scène.

— Elle dit que vous êtes un voleur, monsieur le Curé !

— Allons ! Elle ne dit pas ça, fit le curé, apaisant.

— Comment ? Mais voyons, vous avez tous les ans trois cents litres de goutte non déclarés à la cave ! C'est ça, qu'elle veut dire ! Vous volez le fisc ! Et moi aussi, donc ! Et tout le monde ici !... C'est ça, qu'elle veut dire !

Elle en flamboyait de colère. Elle la tenait, sa grande scène. Elle allait foudroyer l'impudente !

Marie-Anne se contenta de rire.

— Eh bien, je ne vois pas ce que M. le Curé ferait de trois cents litres d'alcool par an !

— Hé ! fit le bonhomme. Bon an, mal an, il faut bien avouer...

— Vous les buvez ?

— Je ne les jette point, dame !

Marie-Anne s'approcha davantage du feu, à s'en brûler le ventre.

Elle dit d'un ton neutre, médical :

— Vous êtes un alcoolique, monsieur le Curé.

Le vieil homme avala sa salive, scandalisé ; pour se contenir, il vida le petit verre de goutte qu'il avait devant lui. Ce fut la Dhozier qui prit cela comme une claque, outrée.

— Ho ! C'est une honte ! Voilà trente ans que je suis ici. C'est bien la première fois qu'on insulte quelqu'un dans ma maison !

— Je n'insulte personne, fit calmement Marie-Anne en continuant à regarder les braises rouges. Je fais une simple constatation. M. le Curé, et vous-même, et Charlotte, et la moitié des habitants de ce village, vous êtes des alcooliques.

La Dhozier s'était redressée, le regard enflammé.

— Et vous donc, qu'est-ce que vous êtes ?... Une effrontée ! Une... (Elle chercha la flèche acérée.)... une « blouson noir » !

Marie-Anne éternua.

— Dieu vous bénisse quand même ! fit la Dhozier avec une lourde rancœur.

— Elle est jeune, fit le curé avec un désir d'indulgence. Notre petite Marie-Anne est jeune, très jeune... On apprend trop de choses dans les livres, à c't'heure !

Marie-Anne s'était tournée vers lui, droite et émue.

— Malheureusement pas dans les livres, monsieur le Curé. J'ai eu le malheur d'avoir quelqu'un dans ma famille. Il s'agit de mon père. Je n'ai pas à le juger, mais il était ce qu'on appelle bêtement : un buveur. J'emploie peut-être des mots de primaire, mais cela reflète une vérité. L'alcool a tué mon père, et avant cela, l'alcool avait tué la vie de famille. Je ne suis pas jeune, monsieur le Curé.

— Ainsi, fit la Dhozier avec suavité, votre papa était un ivrogne ? Mais je peux vous garantir que M. le Curé a toujours su ce qu'il faisait. Ainsi que moi-même, d'ailleurs.

Marie-Anne haussa imperceptiblement les épaules. Elle ne cherchait pas la polémique. Elle s'adressa au vieux curé :

— Je n'ai pas cherché à vous offenser, monsieur le Curé. On est alcoolique comme on est rhumatisant. C'est une espèce de maladie.

— De mieux en mieux ! fit la Dhozier.

Marie-Anne se tourna alors vers elle.

— Une maladie, oui. Essayez donc de vous passer de votre petit bol de goutte le matin, et à dix heures, et à midi, et à quatre heures, et le soir, sans compter la prise de sucre en poudre, les cerises à l'eau-de-vie, le café arrosé... Vous ne pourrez pas, mademoiselle Dhozier ! Je vous mets au défi de pouvoir vous arrêter !

— Mais je n'en ai pas la moindre envie ! fit la Dhozier.

— Et voilà ! fit Marie-Anne... Vous êtes esclave de la goutte !

La Dhozier fusa dans un rire pointu.

— Esclave !... Mais la voilà qui parle comme ce petit abbé ridicule, sauf respect pour votre état... ce petit abbé Mirout qui vous avait remplacé pendant votre maladie, monsieur le Curé. « Vous êtes des esclaves de Sa Majesté la Goutte ! »... Vous vous souvenez, monsieur le Curé ?... Et savez-vous ce qu'il avait le front de proposer ? Il voulait mettre les jeunes gens et les jeunes filles en petite culotte !... Le football... le bassine-ball... Comment donc il appelait ça, Charlotte ?

— Le basket-ball.

— Un prétexte ! Tout le monde en cuisse !... Mais je lui ai dit ma façon de penser, moi !

Elle avait repris le petit cruchon de goutte tout en parlant, et avait rempli les tasses. Puis elle avait pris dans l'âtre une pince qui semblait faite exprès et avait retiré le petit pot d'étain pour le mettre sur le bord de la brique. La mixture commençait à fumer.

Le vieux curé s'adressa à Marie-Anne. Les mots avaient mis du temps pour le piquer au vif ; maintenant, il réagissait.

— Je peux m'arrêter de boire quand je veux ! fit-il avec un vrai dépit d'enfant.

— Bouh ! fit la Dhozier, vous attachez bin de l'importance à ce qu'elle dit, monsieur le Curé.

Mais le vieillard s'entêtait.

— Sûr, dit-il, des ivrognes comme Berlu, comme Baron, ça ne saurait point s'arrêter de bère ! Mais moi, si je dis que je ne bois plus une goutte de trois jours, sûr que, de trois jours, je ne bois plus une goutte !

— Laissez donc causer, monsieur le Curé !

Mais le vieux curé se montait tout seul.

— Ah ! c'est que j'en suis bin capable ! Des dires comme ça, ça vous en rendrait honteux un saint homme !... Trois jours à dater de c't'heure d'aujourd'hui ! On n'est point des gens de la ville, ici ! 'core solide ! 'core capable de boire ou de point boire, à son goût !

La Dhozier se tourna vers Marie-Anne.

— Vous voyez, ma pauvre ! Vous avez offensé M. le Curé.

— Ce n'était pas mon intention, dit Marie-Anne. M. le Curé le sait bien.

Le vieux curé renversa le contenu de sa tasse dans le cruchon.

— Je m'en vas vous montrer ça !

— Ne faites donc point l'enfant ! conseilla la Dhozier.

Elle reprit le cruchon, mais pas pour forcer le curé à boire. Elle avait préparé un grand bol qui devait bien tenir un demi-litre. Elle y versa deux bonnes tasses de gniaule et s'en fut chercher le pot d'étain près des cendres. Elle en constata la chaleur en y mettant le doigt, versa tout dans le bol qu'elle tendit, tout fumant, à Marie-Anne.

— Et tenez donc ! Si vous ne voulez point attraper le mal.

Celle-ci recula, horrifiée.

— Mais, vous n'avez pas la prétention de me faire boire ça !

— Vous avez pris le coup de froid, dit la Dhozier. On va vous piauter pour le faire passer.

— Me « piauter » ?

— Vous saouler, dame ! Y a rin de plus naturel !

— Non, sans façon, dit la jeune fille avec un dégoût amusé.

Mais la Dhozier prit cela de haut.

— Je suis 'core la directrice de cette école, oui ? Et je suis responsable de la santé des maîtresses !

Mais sur le terrain de l'intimidation, Marie-Anne était de taille à se défendre.

— Mademoiselle Dhozier, je vous dégage de cette responsabilité, dit-elle. Je me soignerai moi-même... Je vous souhaite le bonsoir.

Et elle sortit, laissant les autres pétrifiés.

Mlle Dhozier fut la première à se remettre. Elle hocha la tête avec commisération.

— C'te fille, monsieur le Curé, elle a bin mauvais esprit !

*

Pierrot n'avait qu'à suivre.

On avait passé la Croix de Médavi vers minuit et depuis ils avaient pris des petites routes secondaires qu'il connaissait d'abord très bien, puis moins bien, puis plus du tout.

De nouveau, il avait pu se repérer, au-delà de Mortagne. Puis le quatre-tonnes avait ralenti devant lui, avait mis sa flèche à droite et s'était rangé sur l'herbe. Docile, Pierrot avait suivi. Arrêt.

Il pleuvait dru. L'humidité l'avait gagné, il avait froid. Comme personne n'avait l'air de venir à lui, il descendit. C'était la campagne noire au cœur de la nuit, secouée de bourrasques, hostile. Les feux du camion étaient éteints. Il grimpa sur le marchepied, frappa à la vitre de la cabine. Les deux autres paraissaient endormis dans le noir.

Le conducteur baissa à peine la vitre, tout rogue.

— Qu'est-ce qu'on fout ? demanda Pierrot.

— Tu vois, dit l'autre. On fait comme Charles, on attend.

Et il remonta la vitre, coupant le contact. C'était net, chacun pour soi, on ne tenait pas à sympathiser. Pierrot eut l'impression déprimante d'être l'amateur au milieu des professionnels, non admis, méprisé.

Seul à nouveau sur son siège, avec la pluie qui battait la vitre, il attendit dans le noir complet, sans même une cigarette. Il était à merci, il le savait maintenant. Engagé jusqu'à la garde, vie comprise ; il valait moins cher que son chargement.

Il s'interrogeait. Aurait-il dû résister, tout à l'heure, en forêt d'Écouves ? Non, il en avait la certitude, « M. Marcel » n'aurait pas hésité à l'abattre, comme il avait fini sur place le petit motard trop confiant. Accepter de faire ce métier clandestin, c'était accepter d'être abattu si l'on devenait compromettant. Et, vu sous cet angle, quatre-vingts sacs pour la nuit, ce n'était pas cher.

Il aperçut alors la lueur des phares lointains dans son rétro. Puis la voiture fit deux appels lumineux et stoppa à côté de lui. Il reconnut la D.S. qu'il croyait d'ailleurs loin devant. Comme à la guerre, il ne comprenait rien à ce qui se passait.

La portière s'ouvrit et, à la lumière intérieure, il aperçut Solange au côté de Rousseau. On se regroupait donc. Mais ce n'était pas Solange qui sortait, c'était l'autre face de constipé que tout le monde appelait Alphonse.

— Hep ! dit Alphonse en toquant à sa vitre.

Il fit le tour, monta par l'autre côté, referma la portière et annonça :

— En route !

— Où allons-nous ?

— Je suis là pour te le dire. Vas-y !

La D.S. avait bougé, s'arrêtait quelques secondes devant le Berliet et repartait, feux rouges sur la route droite. Le quatre-tonnes avait rallumé ses feux, vibrait déjà.

Pierrot démarra à son tour, prit la route. La présence du tueur sur sa banquette ne lui plaisait pas, mais il n'avait pas le choix.

Il suivit, passant ses vitesses. Mais il lui parut tout de suite qu'à l'avant on mettait le paquet. Il écrasa l'accélérateur, cherchant à garder le contact. Alphonse le modéra de la main.

— Ne te défonce pas ! Vas-y à ta poigne !

— On ne suit plus le mouvement ?

— À ta poigne, je te dis ! Un petit soixante-cinq !

C'était une vitesse de croisière raisonnable pour un vieil U. 23 surchargé. Après tout, Pierrot n'avait pas envie de bouziller son matériel. Ils roulèrent sans rien dire, bientôt seuls sur la route.

Alphonse sortit un étui de raphia tressé qui contenait des cigarettes.

— Tu fumes ?

— Merci, dit Pierrot. Jamais en conduisant.

— Ah ! fit l'autre. Moi, ça m'aiderait plutôt.

Manifestement, il cherchait le contact, une amabilité.

Il souffla deux ou trois bouffées, sortit enfin ce qu'il avait à dire.

— Pour tout à l'heure... Pour ce qui est arrivé, tu vois ce que je veux dire ?

— Oui...

— Eh bien, tu vois, fit Alphonse avec quasiment de la gentillesse, quand on te dit une chose, petit, faut pas la discuter. Si tu veux travailler, ce que j'appelle bien travailler, faut pas discuter.

— Vu ! dit Pierrot.

— Si t'as des qualités, dit l'autre aussi gentiment, faut pas les gâcher.

— Je vois, dit Pierrot. Et le petit motard, il avait des qualités ?

— Quel petit motard ? demanda doucement Alphonse.

Bien sûr ; mais c'était tout de même un peu fort. Pierrot préféra ne rien répondre, scrutant la nuit. Que voulait-on de lui ? Silence et complicité. Mais n'était-ce déjà pas assuré par la force des choses ?

— Tu as vu un motard, toi ? insistait Alphonse. Ah ! c'est donc ça que Mme Solange prétend que tu as des hallucinations...

— Je voudrais bien, murmura Pierrot.

— Tu voudrais quoi ? poursuivait Alphonse sur le même ton de bon vieux copain. C'est mauvais, les hallucinations. Tu as peut-être vu aussi un autre quatre-tonnes dans tes hallucinations ?

— Je n'ai rien vu ! dit Pierrot avec humeur. Ça va !

— Faut pas te fâcher, dit Alphonse. Je te cause pour ton bien. Faut pas chercher à voir, ou à entendre. Moi, je te cause officiel, de la part de Marcel et de Solange. T'as des qualités, faut pas les gâcher. Textuel, c'est Marcel qui l'a dit ! Et Mme Solange n'était pas tout à fait d'accord, et même pas d'accord du tout, si tu vois ce que je veux dire.

Pierrot écoutait avec attention ; il comprenait fort bien.

— Tâche un peu de t'instruire, dit encore Alphonse. Moi, finalement, je suis de l'avis de Marcel.

Et, sur cent kilomètres, il n'ouvrit plus la bouche, sauf pour dire à droite, à gauche ou tout droit. Il semblait qu'on évitait Paris, mais on avait trouvé des routes éclairées, puis des petites rues à pavillons banlieusards, aux réverbères à lueur verdâtre. Il devait être quatre heures du matin.

Pierrot enregistrait consciencieusement. On avait traversé Versailles, pris des rues sombres, traversé une voie ferrée, puis Alphonse avait dit :

— C'est dans la poche. Tu t'arrêtes là !

C'était un mur d'usine ou de cimetière, en pleine banlieue ouvrière. Au bout, on distinguait une route à éclairage axial, mais là, c'était l'obscurité, la rue pavée, le trottoir de terre avec des touffes de chiendent et de chélidoine, le long mur ventru de meulière, suintant l'eau.

— Pas folichon ! dit Pierrot. C'est le terminus ?

— Pour toi, oui, dit Alphonse. C'est moi qui prends la suite.

— Qu'est-ce que je fais ?

— Tu glandouilles où tu veux, petit, le temps qu'on décharge ton wagon.

— Je n'assiste pas à l'opération ?

— Qu'est-ce que tu crois ? dit Alphonse.

Bien sûr. Vu de Domfront, cela se présentait autrement, mais, à la réflexion, tout était régulier.

Ces gens n'avaient aucun intérêt à ce que des transporteurs plus ou moins occasionnels connaissent l'entrepôt.

— Bon ! dit Pierrot. Qui est-ce qui me banque, c'est toi ?

— C'est Marcel, dit l'autre. Faut l'attendre.

Il sortit de nouveau ses cigarettes et cette fois Pierrot accepta, alluma au briquet qu'on lui tendait. Il tremblait et il ne savait pas si c'était froid ou sourde angoisse. Il était fatigué.

— Quand est-ce qu'on me rend mon camion ?

— Ça dépend, dit Alphonse. Des fois ça ne dure pas trois heures, des fois c'est plus long. Tu connais un hôtel ?

— Heu... fit Pierrot.

Il était déjà venu plusieurs fois à Paris, certainement, mais il avait toujours le complexe du petit plouc bas-normand qui n'a pas encore vécu. Comment dire qu'il ne connaissait guère que le divan de salle à manger de vagues cousins, à Vincennes ? Chez lui, il était roi, caïd de la fraude, connu, avantagé, célèbre ; ici, il n'était plus rien qu'un petit gars de cambrousse propriétaire d'un vieux coucou.

— Ça ne fait rien, dit Alphonse. Marcel te dira.

Pierrot se sentait tout petit, dépassé, dépendant.

Il vit venir la D.S. par le devant.

— Pousse-toi, dit Alphonse.

Pierrot se tassa un peu, comme pour laisser une place.

— Non, dit Alphonse. Tu descends maintenant.

— Ah ! bon !

Pierrot prit sa musette. Il voulait décrocher le petit serre-tête de Marie-Anne, mais n'osa pas. Il dit « Salut » et descendit sur le trottoir, docile.

Déjà, Rousseau lui faisait signe, debout dans les phares de la D.S. Pierrot se sentait la peur dans la peau. Ce coin sombre qu'il ne connaissait pas pesait sur lui comme un manteau de ciment. Il avança, reconnut Solange au volant et s'en trouva rassuré, sans savoir davantage.

— Madame va te voiturer dans Paris, dit Rousseau, Ça a marché ?

— Très bien, dit Pierrot.

— Alors, ne reste pas là !

Il le poussa vers la portière restée ouverte, côté trottoir. Pierrot se sentait lourd, sans volonté. Il se retrouva assis sur le siège moelleux. Il se disait : « Faut que je me fasse payer. » Mais il n'osait rien dire. La portière claqua. La voiture sentait la fumée de scaferlati, un parfum riche et vigoureux comme la tanaisie et l'acide de batterie.

C'est ce qu'il dit, machinalement, comme la voiture démarrait.

— Votre batterie s'oxyde.

— Tiens ? fit Solange, très acide. Et ma bobine, elle ne te revient toujours pas ?

Pierrot se sentait abruti, cambrousard, trois tons au-dessous. À tout hasard, il fit son coq de village de samedi soir, imitation de cinéma, la bouche un peu tordue, définitif.

— Oh ! dis, écrase !

— Qui ? fit-elle, blasée.

Rousseau était resté près du camion. Il prit conscience qu'il était seul avec la fille, qu'il n'était pas payé, qu'il ne savait pas où il allait, ni quand il retrouverait son camion. Malgré lui, il eut un coup d'œil vers la banquette arrière où auraient pu se dissimuler les complices. Personne. Il eut honte de sa trouille, se renfrogna.

Solange conduisait très vite dans une interminable avenue déserte. Elle était nettement plus jeune que Rousseau, mais son profil était dur, fille de tête, garce.

— Marcel t'a promis combien ?

Elle en installait en vraie patronne pour qu'il n'y ait aucun doute. La première idée de Pierrot fut de lui répondre docilement, en bon petit garçon qu'il était. Mais il avait du ressort et ne pouvait souffrir le mépris d'une femme.

— Confidentiel ! fit-il laconiquement.

— Comme tu veux ! dit-elle sans le regarder. Je suis chargée de régler la confidence à cent francs la borne, c'est coquet, non ?

Pierrot fit le rapide calcul... on était loin du compte.

— Faut pas m'entuber, dit-il. Marcel avait parlé de quatre-vingts mille.

— Non !

C'était catégorique. Il se sentit picoté de colère. Pas régulier, et de plus on le faisait discuter avec cette détestable pute ! Non et non ! Le bon petit garçon disparut complètement. Il exécuta la manœuvre en un éclair, sans préméditation, précis... D'une main, il avait soulevé la cuisse de la fille, lui faisant perdre la pédale, tandis qu'il passait vigoureusement sa jambe gauche en dessous pour trouver le frein... La voiture couina, fit une embardée qu'il corrigea de la main droite, malgré le poids du corps de Solange projeté en avant. La fille se retrouva, éberluée, demi-assise sur la cuisse de Pierrot qui, maintenant, lui entourait la taille et coupait le contact.

— Alors, ça va pas ? fit-elle vaguement paniquée.

Elle ne bougeait pas. Il sentait la forme de son corps tout contre lui, désirable et chaud. Il referma ses mains sur son ventre.

— Quatre-vingts ! dit-il aussi froidement qu'il put. Pas un sou de moins !

— Eh bien !...

Elle avait l'air de reprendre ses esprits. Elle ne bougeait pas mais il sentait qu'elle cambrait les reins.

— On doit avoir l'air fin !

— Quatre-vingts ! répéta-t-il. C'est d'accord ?

— Je commence à le croire, dit-elle.

Il la lâcha, retira sa jambe.

— Où est-ce que tu as appris ce truc-là ? demanda-t-elle, très douce. Mon porte-jarretelles a craqué.

— Quatre-vingts comptant ! insista Pierrot.

— Eh bien, sois content, dit-elle, tu auras quatre-vingts. Mais tu ne penses pas quand même que je trimbale ça sur moi.

— Alors où et quand ? dit-il fermement. Je ne veux pas discuter avec une bonne femme. On retourne voir Marcel.

— Je ne te le conseille pas, dit-elle, très sérieuse. Rassure-toi, tu seras payé, intégral.

Elle baissa sa jupe, s'arrangea un peu, remit le contact.

— Curieux ! fit-elle en le regardant de coin. Tu me rappelles un ami, un petit gars dans ton genre qui était champion de boxe et qui venait de sa cambrousse, une cambrousse lointaine, je ne sais plus où en Kabylie...

Elle tourna le démarreur, regardant droit devant.

— Moi, dit-elle à mi-voix, je ne déteste pas qu'on me chahute.

— Moi, dit Pierrot, j'aime bien qu'on me paie ce qu'on me doit !

Elle se tourna vers lui, grimaçante, furieuse, mais copine.

— Haa !... Normand, pattes-croches ! Ferme ça !... Tu seras payé, je te dis ! Mais pauvre petit glaisaillon, tu ne comprends donc pas que, si on te prend à la bonne, on peut faire de toi quelqu'un ? Qu'est-ce que tu crois que c'est, quatre-vingts sacs, le bout du monde ? C'est le bout de tes ambitions, ça ?

— Faut un commencement à tout, dit Pierrot.

— Je crois que c'est ton côté cloche qui me plaît, dit-elle. Toute une éducation à faire.

Elle loucha vers la musette.

— Qu'est-ce que tu traînes, là-dedans ?

— Des sandwiches au fromage et au pâté, dit Pierrot.

— Hou ! là, là ! gémit-elle. Hou ! là, là ! mon petit vieux, toi tu reviens de loin !

Elle se remit à rouler. Ils entraient dans Paris. Pierrot ne savait toujours pas où on le menait, mais il sentait à son côté la fille moins méprisante, aguicheuse... Il pensait : « Faudra peut-être que je me la farcisse ?... » *A priori*, il n'avait rien contre ; mais ça lui paraissait dangereux.

— Tu connais Paris ?

— Un peu, dit-il.

À Montparnasse, il vit les premiers cafés illuminés et l'ouverture du métro. Solange prit une petite rue parallèle au boulevard, fut un moment avant de trouver un créneau où garer la voiture, se casa enfin.

— Voilà ! dit-elle. Deux solutions. Tu as sommeil, ou non ? À ta place, je dirais non.

— Je dis non.

— Alors, prends ta musette et viens !

Il la suivit dans la rue encaissée, encore toute calme et noire. C'était l'heure froide ; l'aube allait poindre dans moins d'une heure. Solange avait enfilé un manteau d'opossum qui lui donnait un air de franche putain. Il marchait à côté d'elle, musette à l'épaule, en canadienne crasseuse ; il avait l'air d'un garçon plombier qui va réparer la fuite d'eau du bidet.

Elle sonna à la porte d'un immeuble bourgeois, belle entrée, ascenseur. Il avait la gorge nouée. Au troisième, elle sortit ses clés, ouvrit une porte. C'était une petite entrée carrée, un peu trop claire, avec des sous-verres qui se perdaient dans les reflets et une lointaine odeur de peinture.

— C'est chez vous ? demanda-t-il, intimidé.

— Je l'ai toujours cru, dit-elle. Viens !

Petit appartement classique, avec salle à manger-salon-bureau, meublé en Louis XVI bon bourgeois, des tableaux aux murs, une petite pendulette à virevolte.

— C'est chouette ! fit-il, tout écrasé de luxe, lui qui venait de sa cour de ferme.

Il suait, malheureux. Rien ne s'arrangeait comme il avait imaginé. Il se sentait minable cul-terreux, bourré de complexes. Il n'avait rien à dire. Paris vu de loin, c'était un combat à livrer. Et alors, où était le combat ?

Contre qui ?... Il crut être lucide en songeant : « On m'asphyxie ! »

Solange l'avait laissé seul. Il pouvait entendre des bruits de chasse d'eau, de robinets. Il avait enlevé sa canadienne et, debout, regardait les peintures à l'huile. Les rideaux étaient tirés, on entendait de rares voitures passer. Il écarta un peu les rideaux ; dehors, il faisait nuit.

— Qu'est-ce que tu regardes ?

Elle était revenue, repeignée, sobre, jolie. Ses yeux brillaient, elle souriait.

— Il fait encore nuit, dit-il.

— Et alors ? fit-elle. Ça gêne tes mouvements ?

C'était cette ironie grinçante qui la vieillissait. En fait, elle était très jeune, oui, très jeune fille de bonne famille ; pas du tout putasse de truand.

— T'es plutôt bien, dit-il.

— Allons, ça vient, ça vient ! encouragea-t-elle, ironique mais copine. Encore un petit effort.

Elle sortait des bouteilles, des grands verres. Le dos tourné, elle le renseigna.

— Marcel est en plein boum, si ça te chiffonne. Et d'ailleurs, il ne vient jamais ici sans passer un coup de fil. C'est un gentleman.

Elle s'offrait, bien sûr, et il avait envie d'elle. Mais le rusé Normand calculait en lui, est-ce qu'elle croyait des fois s'en tenir quitte avec deux, trois coups de fesses ?... Minute !

— Si on réglait d'abord nos affaires, dit-il.

— Ce « d'abord » est un poème, gouailla-t-elle. Tu sais parler aux femmes.

Il rougit. Il prit le verre de scotch qu'elle lui tendait et le vida cul-sec. Il pensa en un éclair au petit motard Dédé. Il se sentit brusquement hébété, fatigué d'une nuit dure. Il s'entendit demander tout nature, avec un accent péquenaud :

— Où c'est-y les chiottes ici, donc ?

— Première porte dans le couloir, dit-elle.

Elle ne riait pas. Lui, il giclait de la sueur de confusion ; il aurait voulu partir, ridicule.

— Pierrot !

Il se retourna. Elle le regardait, sérieuse, pas ironique du tout.

— Tu n'as jamais fait de boxe ?

— Non.

— Ça ne fait rien, dit-elle. Ça ne fait rien.

Quand il revint, elle était assise très dignement sur une chaise, les cheveux brillants sous le lampadaire. Elle buvait à tout petits coups, le regard perdu. Elle lui passa la photo, format carte postale, qu'elle tenait. Elle représentait un jeune boxeur du type nord-africain, muscles saillants, l'œil vif, un corps étoffé d'athlète formé, et un visage d'enfant.

— Tu connais ?

Il connaissait le nom de Ib Bouali qui s'étalait sous forme de grosse signature reproduite et qui, à deux ans de là, avait fait une carrière-éclair de puncheur et puis...

— Physiquement, dit-elle, la ressemblance est vague, peut-être la mâchoire, la bouche et l'implantation des cheveux. Mais dans le comportement, dans l'allure... Un paysan, comme toi. Un frère. Des mots crus, jamais grossier, nature. Reste comme ça, Pierrot.

— Qu'est-ce qu'il est devenu ? demanda-t-il par politesse.

— Oh ! fit-elle avec indifférence. Disparu.

Elle reposa la photo, se leva, lui mit les bras autour du cou.

— Ça te dit ?

Il ne répondit pas, l'empoigna aux hanches et l'enleva.

*

Dans la chambre, le jour filtrait maintenant par les rideaux.

Pierrot se retourna vers le lit. Solange dormait, anéantie... Il était un peu écœuré ; une nerveuse, une cinglée qui se faisait assommer à coups d'amour ; maintenant, satisfaite, elle cuvait.

Il passa dans la salle de bains, prit une douche. Le chauffage ne marchait pas, il faisait frais.

Il commençait à s'habituer à l'aventure qui lui apparaissait, peu à peu, très banale.

Il se rhabilla, retrouva dans l'entrée sa musette et ses sandwiches au fromage qu'il se mit à croquer de bon appétit. À la cuisinette, il ouvrit le frigo, y trouva de la bière, se servit sans vergogne.

Avait-il fait du bruit ? Il vit apparaître Solange en robe de chambre bleu pâle. Elle bâillait, grimaçait.

— Des nuits comme ça, ça me tue !

Elle lui prit des mains son casse-croûte, le mordit, l'adopta.

— Ça sent la ferme. Ça fait du bien !

Elle but d'un trait la bière versée, fit la grimace.

— Pouah ! Comment peut-on, à cette heure-ci !

Il était sept heures à la pendulette. Elle quitta la cuisine et il entendit qu'elle composait un numéro au téléphone. Il la rejoignit au salon encore éclairé ; elle ne se cachait pas.

— Allô, papa ?... Bien rentrée, oui...

Elle regardait Pierrot, lui faisait signe de s'asseoir.

— ... Marcel est occupé. Pas d'histoires depuis ce que tu sais... À midi, entendu... À t't'à l'heure, p'pa ! Une bise !

Elle raccrocha.

— Encore papa, fit Pierrot, entendu.

— Dame ! fit-elle. Le rôle des fonctionnaires est de fonctionner, non ? Qu'est-ce que tu crois ?

— Je ne crois jamais rien, dit le garçon. Il est de la rue de Miromesnil ?

— Oh ! Oh !... On est du bâtiment !

— On se tient au courant.

— Eh bien, oui, dit-elle. Répression. Papa est bien placé. Mais, vois-tu l'astuce ? Lui, il ne fait jamais que son devoir de fonctionnaire. Pour trouver des délinquants, il lui faut des indicateurs. Et toutes les hautes et basses polices ont une certaine marge de tolérance envers les indicateurs. Le système une fois admis, à nous de savoir en profiter. Un papa d'un côté et un jules de l'autre, je te jure que ça fait un beau motif de pendants de cheminée et que la pendule joue gagnante.

— Je vois.

— J'y vais franco, dit-elle. Maintenant, ne t'y trompe pas. Tu es un bon petit gars, tu fais bien l'amour, c'est convenable. Mais je vais te proposer autre chose...

Elle s'interrompit, alla prendre son sac, en sortit une enveloppe qu'elle lui tendit.

— Tiens !... « D'abord »...

Il ouvrit. Il y avait huit « Bonaparte », le compte y était.

— Maison sérieuse, fit-il. Je croyais que tu n'avais pas la somme sur toi...

— Je suis une rusée, dit-elle sans sourire. Maintenant, écoute bien. Des coups à quatre-vingts sacs, ça peut se retrouver, comme ça peut tomber à zéro. Je te parle en copine, ta patache sent le roussi après le coup de cette nuit. Il ne faudrait pas t'étonner si tu restes un moment en chômage. Ce n'est pas méfiance, c'est prudence. Compris ?

Elle parlait net et précis, front plissé, femme d'affaires ; cela ne lui déplaisait pas.

— Compris. Et la proposition, qu'est-ce que c'est ?

— J'y arrive, dit-elle. Et pour tout dire, c'est pour ça que je t'ai fait monter. L'amour, ça dégèle et ça gagne du temps. Maintenant, mon Pierrot, tu vas mettre tes tripes sur la table, que j'examine ce que tu as dans le buffet. Parce que, ce que j'ai à te proposer, c'est assez joli.

— Une fleur ?

— « Colchique dans les prés » ? se souvint-elle. Non, mon mignon. Finie l'heure poétique.

Elle prit une cigarette dans un petit pot de cuivre repoussé. Il lui avait donné vingt ans tout à l'heure, avant de faire l'amour. Maintenant, il la jugeait plus froidement. Jeune bien entendu, mais elle approchait d'une trentaine sans fraîcheur, dure, volontaire, des pommettes de jouisseuse, mais un œil froid, un cou sans chair, des lèvres trop minces.

Si elle voulait être séduisante, elle pouvait l'être, à la seconde, mais cela devenait un charme d'actrice, reconstitué.

— Costaud, dit-elle. Et finaud. N'est-ce pas ? Mets-toi bien dans la tête que je n'ai rien contre les petits bouseux dès qu'ils se mettent à vouloir comprendre rapidement.

— J'écoute.

— J'interroge, dit-elle. Le trafic te plaît, tu es né pour ça. Cette nuit, qu'est-ce qui t'a plu, qu'est-ce qui t'a déplu ? Réponds.

Il montra la poche-revolver où il venait de glisser ses billets.

— Ce qui m'a plu, c'est ça. Ce qui m'a déplu... appelons ça des hallucinations.

Elle feignit à peine d'être vexée.

— Et moi, ni chaud ni froid ?... Merci.

— Eh bien, fit-il, mal à l'aise... Toi, bien sûr... Bien sûr, toi...

— Ne te fatigue pas, conseilla-t-elle, je m'en fous. Faudrait seulement te dégrossir un peu le compliment ; ça fait plaisir aux dames. Ce qui me plaît chez Marcel, c'est qu'il me baratine toujours... À part ça, c'est correct. Les hallucinations, moi non plus, je n'aime pas ça. Dédé, je le connaissais assez bien, oui assez bien, et même plutôt bien. Je n'ai pas cessé d'y penser et j'y pense encore. Tu me prends peut-être pour un bourin, je m'en fous. Un clou chasse l'autre, comme on dit. C'est ma philosophie, et j'en ai besoin. Je te dégoûte ?

— Heu...

— Merci d'être franc. Tu verras peut-être à l'usage, j'ai les qualités de mes défauts. Deuxième question : qu'est Bardin par rapport à toi ? Un parent ?

— Non.

— Un ami ?

— Non.

— C'est parfait. Alors, ma proposition, la voici : les bottes de Bardin.

Il sursauta malgré lui.

— Bardin n'est pas mort.

— Tous les hommes sont mortels, dit-elle. Bardin est un homme, donc... Tu vois ce que je veux dire ?

Il sifflota.

— Ça va loin !

— Très loin, fit-elle. Maintenant, ne te fais pas du cinéma. Bardin nous a donnés, c'est certain. Il mérite une leçon, c'est dans la poche. Nous allons la lui administrer, c'est mathématique. Mais je n'ai pas dit qu'on allait le trucider à bout portant, comme de vulgaires Crouilles ou des Siciliens demeurés. Tu es tombé du côté phosphore, Pierrot, n'oublie pas. J'ai beaucoup parlé de toi avec Marcel cette nuit. Crois-moi, si tu as des actions chez Bardin, c'est le moment de vendre.

— Bardin est très fort ! dit Pierrot avec conviction.

— Et nous donc ! reprit-elle. Un bon conseil, change de bateau ! Si tu as le cœur trop sensible pour faire le gros trafic, tu as des qualités pour nous organiser le ramassage. Bardin, c'est mort ! Il nous faut quelqu'un qui connaisse le pays et qui ne cherche pas à nous doubler. On rajeunit les cadres.

Elle s'était levée, souriait, voulant convaincre. Elle avait une odeur de lit, aisselle propre, animale. Il était fatigué, restait froid.

— Tout ! dit-elle. Je veux toute la boutique Bardin. Et quand je veux quelque chose, je finis par l'avoir.

Elle vint près de lui, lui mit la main dans les cheveux... « Séduire le petit cul-terreux, pensait-il, tu te goures !... » Elle poursuivait, presque affectueuse.

— D'ici six mois, l'auberge Bardin sera vendue par autorité de justice. Bardin ? Il n'y aura qu'à se baisser pour ramasser les débris. Tu connais l'histoire du pot de terre contre le pot de fer ? Nous aurons besoin d'un petit gars malin pour gérer cette affaire-là. Tu pourras faire ta pelote sur les bords, Marcel n'est pas regardant ; mais il faudra rester à sa main !... Qu'est-ce que tu dis ?

Il n'eut pas le temps de répondre, le téléphone sonnait. Elle décrocha.

— Oui... je me couche, dit-elle.

Elle eut un clin d'œil vers Pierrot. Il comprit que c'était Marcel.

— Je l'ai envoyé chez Lulu, il y a plus d'une heure ; laisse-lui le temps d'arriver. Où es-tu ?...

Marcel devait parler affaires. Elle étendit la

main sur le bureau, ouvrit un bloc, nota une adresse.

— Ce serait intéressant ?... Bon. Fais pour le mieux... Je te fais une place au chaud... Viens !

Fini. Elle raccrocha, regardant Pierrot.

— Tu descends. Tu prends la rue à droite. Hôtel du Poitou, à cent mètres. Tu demandes Mme Lulu, de la part de Mme Solange. Elle te donne une chambre. Tu te pieutes, ou tu attends, au choix. Marcel te passe un coup de fil dans la matinée pour récupérer ton camion. Ça va ?

— Ça va, dit-il en se levant.

Elle alla tirer les rideaux, laissant entrer le jour pâle. Comme elle était tournée, le temps d'un éclair, il jeta un coup d'œil sur le bloc, sur l'adresse inscrite d'une écriture large et volontaire... Enregistré.

Elle tourna le commutateur, tout devint gris ; elle-même parut soudain vieille, détestable.

— Alors, pour Bardin ?

— Je vais réfléchir, dit-il.

— À ta place, je dirais à Marcel que je suis emballé.

— Sûr, dit-il. C'est tentant.

Devait-il montrer de la tendresse avant de partir ? Ce fut elle qui lui entoura le corps de ses bras.

— Mon costaud, fit-elle. Tu aurais dû faire de la boxe. Tu sais, Bouali, c'est moi qui l'ai fait, de A à Z.

— Ah !

— Oui, fit-elle avec une moue mauvaise. Et qui

l'ai défait, de Z à A ! Sois mon ami, ami Pierrot, c'est un conseil. Je suis vacharde ! À bientôt !

— À bientôt ! fit-il en lui caressant les cheveux.

Il venait de décider de jouer Bardin gagnant, à fond.

*

Un rayon de soleil entrait dans la classe.

Marie-Anne essayait vainement d'expliquer le problème des trois robinets à une classe endormie, bêtement épaisse, animalement repliée.

À considérer les visages de plus près, on pouvait cependant deviner qu'il se passait quelque chose. Marie-Jeanne et Monique échangeaient parfois de brefs regards « d'intelligence ».

D'autres profitaient de ce que la jeune maîtresse tournait la tête pour se lever d'un bloc et jeter un coup d'œil dans la cour, se rasseyant aussitôt, pouffant bêtement et silencieusement dans le dos de Marie-Anne.

La porte s'ouvrit, la Dhozier entra, avec le visage du triomphe modeste. Elle fit signe à la jeune fille.

Marie-Anne était fatiguée. Elle eut une brève toux. Elle se sentait fiévreuse et courbatue... Le coup de froid, bien sûr ! Il était déplaisant d'en convenir.

— Vous avez une drôle de mine, ma petite ! fit la Dhozier, dès qu'elles furent dans le couloir.

— Ce n'est rien...

— Je vous le souhaite ! Dites donc, il y a des parents d'élèves dans le préau. C'est vous qu'ils veulent voir !

— Moi ?

Puis Marie-Anne se souvint brusquement des petites bouteilles qu'elle avait fait vider... La Dhozier paraissait rayonner intérieurement ; sûr, ces gens ne venaient pas apporter des fleurs !

— Je vous laisse vous expliquer, ma petite, fit la vieille demoiselle. Puisque vous voulez faire à votre tête...

— J'y vais ! dit Marie-Anne.

Lorsqu'elle entra dans le préau, elle vit une dizaine de personnes. Des paysans, c'était certain, hommes comme femmes ; des gens sérieux, pas rusés, pas hostiles, même plutôt intimidants et polis. Ils dirent : « Bonjour, mademoiselle », et demeurèrent cois.

L'un d'eux, enfin, se décida. À première vue, tous les visages avaient des airs de parenté ; mais depuis huit jours que Marie-Anne était là, elle savait faire les différences, et les liens : ce devait être le père de Marie-Jeanne.

— On vient, dit Lecorre, à propos de notre bien que vous perdez.

— Vous voulez parler de l'alcool qui a été confisqué hier ?

— C'est de notre bien ! répéta Lecorre. Paraît, à ce que disent les petites, que vous l'avez répandu !

— Voulo point croire eune chose pareille !

patoisa une grosse femme qui devait être la mère Romphaire.

Tous les visages étaient tournés vers Marie-Anne : demande d'explication.

— C'est cependant la vérité, dit la jeune fille, très droite. Une circulaire ministérielle interdit l'entrée de l'alcool dans les établissements scolaires.

Lecorre paraissait être le porte-parole. Il prit le temps de réfléchir.

— On donne aux enfants, dit-il. C'est point le ministre qui donne aux enfants ! On est venu dire, mademoiselle, qu'il ne faut pas perdre notre bien !

Les autres approuvèrent de la tête.

— C'est très simple, fit Marie-Anne. Ne donnez plus d'alcool aux enfants, je n'aurai pas à le confisquer.

Il se passa bien une dizaine de secondes. Chacun avait l'air de s'imprégner de la réponse de la jeune maîtresse. Visiblement, la réaction n'était pas favorable. Un grand homme sec la résuma.

— Ça va point, ça !

— Autant qu'on mette les enfants à la laïque ! fit Lecorre. Le ministre n'a pas à voir à nos affaires !

— L'alcool est rigoureusement interdit aussi bien dans les écoles laïques que confessionnelles, dit la jeune fille.

— Mme la Directrice n'est point si regardante, fit Lecorre avec intention. Ce n'est point des enfants de ministres, mais des enfants de paysans qui sont ici... Circulaire de ministre ; connais pas !... Mais nous, on vous dit une circulaire de paysans : faut pas perdre notre bien ! Sans ça, sans vous faire offense, mademoiselle, on ne sera pas des amis.

Marie-Anne était fiévreuse, ses oreilles bourdonnaient. Elle se sentait scrutée, observée par tous ces gens avec qui elle entrait en conflit. Quel dommage que cela tombe juste un jour où elle ne se sentait pas dans la plénitude de son caractère. Chercher à convaincre ?... Elle y renonça tout de suite.

— Merci de cette mise en garde, dit-elle. Mais je ferai ce que j'ai à faire !

— Ne faites point la sotte, dit la Dhozier restée un peu à l'écart. Retournez dans votre classe.

Marie-Anne se passa la main sur le visage ; tout lui paraissait trouble et la scène lui semblait irréelle, comme en un rêve... La fièvre ! pensa-t-elle... C'était stupide : la Dhozier triomphait sur tous les plans... Elle venait de la traiter comme une gamine qui a reçu une semonce. Les parents d'élèves ? Somme toute, ils s'étaient conduits avec beaucoup de dignité. On les dérangeait dans leurs habitudes, ils protestaient, tout cela était normal.

Elle entra dans la classe. Toutes les fillettes avaient les yeux baissés sur les pupitres. Elle n'accrocha pas un regard. Elle se sentit terriblement seule et eut envie de pleurer. Elle eut un frisson.

Elle pouvait voir, dans la cour, la Dhozier toujours en conférence avec les parents qui regagnaient la sortie. Dans la classe pesait un silence hostile.

Elle se décida.

— Que celles qui ont une bouteille avec de l'alcool lèvent la main.

On eût dit que toutes les élèves n'attendaient que cela. D'une seule envolée, d'un seul geste, elles levèrent toutes la main, tandis que les vingt-sept regards se fixaient sur la maîtresse. Marie-Anne ne s'y trompa pas ; c'était un défi, une lutte engagée.

Elle se sentit faible, avec un goût profond d'amertume. Elle s'en voulait. Elle comprenait qu'elle avait engagé cette lutte avec la fougue de la jeunesse, sans alliés, sans réserves... Et il fallait maintenant livrer bataille.

C'est dans les causes perdues qu'on reconnaît le courage. Marie-Anne n'hésita pas.

— Sortez-les ! commanda-t-elle.

Dans un grand bruit d'ouverture de pupitres et de paniers, les élèves obéirent. Elles avaient toutes le visage des minutes historiques, des corridas, des mises à mort.

— Je les confisque, dit Marie-Anne. Premier rang, debout ! Amenez les bouteilles sur mon bureau !

Dans un silence total, les élèves s'exécutèrent. Marie-Anne, assise à sa place, n'avait pas bougé.

Lorsque les vingt-sept bouteilles aux formes diverses furent toutes déposées sur le bureau de la maîtresse, il n'y aurait plus eu la place d'y mettre un cahier fermé.

Toutes les élèves avaient regagné leur place et attendaient, bras croisés, dans un silence hostile. Elles ne pouvaient même plus voir la jeune maîtresse, derrière le rempart des bouteilles.

Et derrière le rempart, Marie-Anne pleurait.

*

À l'heure de midi, les vingt-sept petites bouteilles étaient restées sur le pupitre de la maîtresse, dans la classe déserte.

Dans la salle à manger, le repas se terminait. Marie-Anne n'avait rien pris. Pelotonnée dans un châle, elle frissonnait.

Mlle Dhozier, au contraire, n'avait jamais mangé de si bon appétit.

Elle avait rajeuni de dix ans, dominait la situation, sentant l'adversaire à merci.

Le vieux curé Hulin vint frapper à la porte, en voisin. Lui, au contraire, avait vieilli de dix ans. Il était plus pâle que d'habitude, sa bonne trogne de brave homme avait rétréci comme une bergamote tavelée. Il paraissait inquiet, soucieux, malgré son bon sourire professionnel.

Il s'inquiéta. Quelle était donc cette réunion qu'il avait pu voir dans la cour de l'école ?...

— Rien ! fit la Dhozier, très suave. Des petites histoires entre les parents et Mlle Augereau.

Elle versa, d'un geste automatique, une petite tasse de goutte qu'elle offrit au vieil homme. Elle fut surprise de voir que celui-ci repoussait des deux mains, avec une expression d'effroi sur le visage.

— Non, s'il vous plaît, non !

Charlotte et la Dhozier s'inquiétèrent.

— Ça ne va donc point, monsieur le Curé ?

— Ça va très bien ! fit celui-ci. Mais je m'en tiens à ce que j'ai dit hier soir !... Trois jours !

Il s'adressait plus spécialement à Marie-Anne, qui ne disait mot. La jeune fille essaya de sourire.

— Monsieur le Curé, n'attachez pas trop d'importance à ce que j'ai pu vous dire. Vous n'avez pas à prouver votre dignité.

— Je tiens à me prouver que je suis maître de moi, fit le vieil homme.

Il leva le doigt, prêcheur.

— « Si ton œil droit te conduit au péché, arrache-le et jette-le loin de toi ! »

— Pouah ! Quelle horreur ! fit Charlotte.

Elle eut effectivement une nausée, se précipita dehors. Elle revint, s'essuyant la bouche.

— Tu n'as pas honte ? fit sévèrement la Dhozier. Les paroles du bréviaire, ça te fait rendre ?

Charlotte se signa.

— J'ai point voulu pécher, fit-elle, penaude. Mais de voir M. le Curé qui s'arrache un œil... Pouah !

Elle se contint péniblement.

— Grosse tourte ! fit la Dhozier.

Elle lui passa la tasse de gniaule versée pour le curé. La grosse fille but d'un trait, fit claquer la langue avec satisfaction.

— Ça va mieux !

Marie-Anne se leva.

— Si cela ne vous fait rien, dit-elle, je vais me reposer un peu en attendant la rentrée de la classe.

— Faites ! dit la Dhozier. Si vous aviez pris mon flip hier soir, vous ne seriez pas dans cet état.

Marie-Anne sortit.

— Trois jours ! fit le vieux curé qui poursuivait son idée. J'ai promis trois jours à la Vierge Marie. Hier soir en me couchant ! Mais c'est bien le matin que c'est le plus dur !

Mlle Dhozier regardait par la fenêtre. Un coin de la cour était au soleil ; Marie-Anne s'y dirigeait, vers une vieille chaise transat six fois rapiécée. Elle aussi, suivait son idée.

— Mais, je m'en vas lui en faire un quand même, de flip ! On n'est point d'accord, mais je ne peux pas la laisser attraper le mal !

Elle reprit le petit pot d'étain, le sucre, le bol, et recommença son opération de la veille ; mais cette fois sur la cuisinière allumée.

— J'ai dit : Vierge Marie, je cré que je peux bère ou point bère à mon goût ! Et vous allez m'aider ! marmotta le curé.

Il était touchant, dans son combat solitaire ; mais la Dhozier ne l'écoutait pas, elle aussi isolée dans son comportement.

— Le climat ! fit-elle ; pédante. C'est ça qu'elles peuvent point comprendre, avec tous leurs baccalauréats ! C'est un climat, ici, où il faut de la goutte.

Et de la goutte, elle en versait dans le bol, copieusement.

— Trois jours ! dit le curé. Et ça en fera déjà un, ce soir au coucher. M'en vas me coucher tôt !

— Ah ! monsieur le Curé, fit la Dhozier, vous n'allez pas vous rendre malade pour des paroles de baccalauréat ! Je l'ai-t-y mon baccalauréat, moi ? Et vous donc ? Et la Charlotte ? Et faut autre chose que trois gouttes de pluie pour nous mettre à bas !

Elle prit le petit pot d'étain où le cidre fumait, et le versa dans le bol à moitié plein de gniaule.

Marie-Anne avait le cafard. Elle regardait tomber les feuilles mortes. L'automne allait finir, et puis viendrait un long hiver, un emprisonnement total, un enterrement sinistre dans ce pays qu'elle cessait déjà de vouloir aimer.

Elle essayait en même temps de traiter la crise en fille intelligente. Le moral suivait la condition physique, bien sûr. Elle avait certainement attrapé un coup de froid, en revenant sous la pluie battante. Erreur de n'avoir pas pris un médicament classique avant de se coucher : c'était indiscutable. Mais à défaut de cachets, peut-être aurait-elle dû accepter cette étrange variété de grog qu'on lui avait proposé ? À trop vouloir prouver, on ne prouve rien. Et à vouloir sottement « faire » de l'antialcoolisme, elle allait surtout se faire des ennemis. Le conseil de son cousin Augereau était judicieux.

On l'appelait ; elle se retourna. C'était Charlotte qui arrivait, tenant un grand bol fumant qu'elle reconnut bien. Charlotte ne s'embarrassa pas de politesses :

— Faut boire ! dit-elle. « Elle » a dit comme ça : « Contente ou pas contente, faut qu'elle boive ça ! »

Et elle ajouta, gentille et bonne fille :

— Sûr, allez, que ça vous fera du bien !

Brave Charlotte, rouge comme une pomme, costaude comme un cheval ; on lui aurait acheté la santé !

La Dhozier apparaissait à son tour, poings sur les hanches, gueularde mais cordiale.

— Alors, elle veut-y boire ?

Elle s'approcha :

— Dix morceaux de sucre, ma pauvre ! N'allez point me gâcher ça !

— Je vais y goûter, dit Marie-Anne.

Elle prit le bol, se contenta de le humer.

— Mais c'est plein d'alcool !

— Allons donc, fit la Dhozier. Une petite licherette pour donner du goût. On ne peut point aller contre votre volonté ; c'est comme de couper une jambe. Vous en voulez, ou non ?

— Je crois que le dixième me suffirait !

— Laissez faire ! fit la directrice. Ça va vous paraître un peu raide si vous n'avez point l'habitude... Tiens-la bon, Charlotte !

Charlotte emprisonna les bras de Marie-Anne.

— Faut point vous débattre, ça renverse !

La Dhozier avait pris le bol et commençait à la faire boire de force, en commentant, bénigne :

— Comme eune gamine, tiens ! Comme eune gamine !

Mais elle lui avait pris les cheveux, lui tirait le visage en arrière, et d'une poigne solide et un rien sadique, l'étouffait littéralement de la mixture.

Marie-Anne se mit à suffoquer ; cela lui entrait dans la gorge, dans le nez. Elle ouvrit grand la bouche pour pouvoir respirer, ingurgita malgré elle une énorme rasade...

Elle voulut se débattre, comme quelqu'un qui se noie ; mais la Charlotte était dure comme un roc et aurait aussi bien administré le remède à un cheval.

Elle cria, malgré elle : « Quelle horreur ! »... Elle vit devant elle le visage grimaçant et sadique de la Dhozier, horrible sorcière. Elle eut de nouveau la gorge noyée, les poumons, tout l'intérieur en feu. Il lui vint les yeux fous d'une bête prise au piège, puis elle se mit à boire, à boire, pour ne pas étouffer.

— Là ! fit la Dhozier.

Charlotte relâcha son étreinte. Marie-Anne se mit à tousser, les mains sur le visage, les yeux rouges, la poitrine haletante.

— Oh ! quelle horreur ! répétait-elle... Quelle horreur !

Elle s'éloigna un peu. On l'aurait crue aveugle. Elle se mit à gémir : « Oh ! là, là... Oh !... »

Elle titubait. Elle s'appuya au mur, resta un

moment comme si elle allait vomir. Quand elle se retourna, elle avait le regard vide. Elle voulut faire un pas et tomba sur les genoux, comme fauchée...

Un instant, elle resta à quatre pattes, comme une bête, haletante, déjà inconsciente.

Très droite, bol vide au bout de son bras, la Dhozier la regardait avec une expression de supériorité méprisante.

— Baccalauréat ! souffla-t-elle, avec un dédain intraduisible.

— Faudrait peut-être la mener dans sa chambre, dit Charlotte, qui regardait avec des yeux ronds.

— Inutile, fit la Dhozier avec une douceur angélique. Qu'elle se repose un peu dans la chaise longue. Tu lui mettras une couverture.

Elle rentra dans la maison, très digne.

Le rassemblement eut lieu dans la cour : les grandes sous les marronniers, les petites près des cabinets à porte battante.

C'était la Dhozier qui dirigeait l'opération ; la jeune maîtresse n'était pas là.

La directrice entra la première sous le préau et commanda :

— Les grandes d'abord, direction des classes ; en avant !

Marie-Jeanne Lecorre et Monique Romphaire en tête, les grandes s'ébranlèrent sur deux rangs.

La directrice était à l'entrée du préau, très droite, digne, imposante d'autorité.

Au fond, près d'une fenêtre, allongée dans la chaise, recouverte d'une couverture à fleurs, les yeux fermés, la bouche demi-ouverte, les bras tombants, Marie-Anne gisait inconsciente.

Il y eut un bref instant de surprise. Puis toutes les élèves passèrent sur deux rangs, à moins d'un mètre de la jeune fille qui dormait d'un sommeil lourd d'ivresse...

Bourrements du coude, clins d'œil, petits rires fusés, phrases étouffées...

— Oh ! t'as vu ?

— ... l'est piautée, dame !

— ... l'est saoule !

— ... décorée, la maîtresse !

— Oh !...

La directrice claqua dans ses mains, très digne :

— Silence, s'il vous plaît !

Les petites passèrent à leur tour, plus étonnées, un peu effrayées, se retournant encore au seuil de la classe...

Restée la dernière, la bonne Mlle Dhozier se pencha sur Marie-Anne, eut un petit geste du bout du doigt pour arranger la couverture et se décida enfin, pleine de commisération, à regagner sa classe.

Marie-Anne dormait, anéantie, avec un léger râle de gorge, ivre morte.

*

En arrêtant son camion dans la petite rue de Thiais, Pierrot eut encore un scrupule.

L'adresse devait être la bonne ; grande cour,

bâtiments du genre garage, sans allure, tôles rouillées. Sous un hangar, une vieille camionnette Citroën portait, peinte à la main, l'inscription : *Ramassage de bouteilles.* Petit commerce de chiffonniers pour les non-initiés ; mais pour Pierrot qui savait, c'était le mille : au cœur de la fraude.

Il hésita. On avait été régulier avec lui. Il avait dormi cinq heures à l'hôtel du Poitou et, à son réveil, vers midi, Mme Lulu lui avait donné une enveloppe fermée contenant la clé de son véhicule et le mot laconique : *Parking Porte d'Italie. Salut. À bientôt.*

Il était maintenant quatre heures de l'après-midi. Il avait déjeuné. Il avait récupéré son engin et n'avait pu résister au désir de faire un détour par Thiais, vers l'adresse indiquée sur le bloc de Solange.

Un client, c'était certain, à qui on avait dû livrer ses mille huit cent cinquante litres en soixante-seize degrés dans les premières heures de la matinée. Un client, c'est-à-dire la première possibilité de court-circuiter Marcel. À risque égal, ça pouvait mettre chaque voyage de l'U. 23, au nom clandestin de sous-marin, à un demi-million au lieu de quatre-vingts mille... De salarié, on passait patron ; la marge bénéficiaire sextuplait ; ça devenait correct et ça laissait rêveur.

Pierrot décida d'agir en adulte. La vie est courte, le risque en fait partie. Il fallait contacter ce ramasseur de bouteilles, et le plus tôt serait le mieux.

La cour était déserte, il n'y avait peut-être personne. Laissant son camion à la porte, il descendit pour jeter un coup d'œil. Il ne vit pas venir le gros mastif qui, d'un coup, se mit à aboyer, cou tendu, tirant une chaîne d'une dizaine de mètres.

Il jugea convenable de s'arrêter en plein milieu de la cour, en demandant à haute voix s'il y avait quelqu'un. Une porte s'ouvrit juste derrière la chaîne et un petit homme en tablier de cuir parut, soupçonneux.

— Vous désirez ?

Ça se présentait mal. Hurler ses offres de service à dix mètres, au-dessus d'un chien furieux, n'avait rien de clandestin.

— Vous êtes bien gardé ! fit Pierrot.

— Et alors ?

Il n'avait jamais fait l'école du représentant de commerce et ignorait les astuces de la prise de contact. Il dit, au flanc :

— C'est moi !

L'évidence parut troubler un instant le bonhomme aux cheveux blancs et au tablier de sommelier, mais il aperçut sans doute le camion dans l'encadrement de la porte cochère... Il tira la chaîne du chien et ordonna : « Couché ! » Pierrot approcha.

Le bonhomme avait l'œil candide, la moustache d'artisan, un vague air de concierge. La fraude, ça ? Pierrot commençait à douter. À tout hasard, il demanda si le patron n'était pas là.

— Pas pour l'instant, dit l'autre.

— Il va tarder ?

— Je n'en sais rien.

Le bonhomme désigna le camion, à la porte.

— C'est à toi, ça ?

— Oui.

— Faut pas laisser ça là. Qu'est-ce que tu veux ?

Pierrot tenta de se montrer complice.

— Vous reconnaissez mon zinzin ?

— Reconnais rien du tout, dit l'homme, méfiant.

Il fit néanmoins quelques pas, jusqu'à voir le numéro arrière, et constata paisible :

— Alors, comme ça, on vient de l'Orne ?

— Dont je suis le plus bel ornement... tenta de plaisanter le jeune homme. J'ai une proposition à faire au patron. Si toutefois ça convient comme carte de visite... ? fit-il en désignant l'U. 23.

L'homme au tablier de cuir alla, mine de rien, jeter un coup d'œil à l'intérieur.

— T'as ton permis ?

Était-ce un mot de passe ? Pierrot répondit oui, à tout hasard.

— Eh bien, dit l'autre, méfie-toi que j'appelle un flic. Sortie de garage. Interdit de stationner !

— Vu ! dit Pierrot. Je peux entrer dans la cour.

— Surtout pas ! dit l'autre en faisant un vague mouvement vers les fins fonds de la rue. À ta place, je dégagerais, ce qui s'appelle bien dégager.

Était-ce une invite polie à foutre le camp ? Depuis qu'il était parti de Domfront, Pierrot se sentait en pays étranger, sans références, sans repères... Il dut rester un instant sans réplique, un peu hébété, cul-terreux.

— Sûr que t'es de ton coin ! fit le bonhomme à accent de vieux Parigot. Vas-y ! Annonce la couleur !

— Justement, dit Pierrot, la sueur aux tempes. Faudrait dire à votre patron, s'il veut du direct, je suis à sa disposition.

— Du direct ? fit l'autre. Eh bien, tu m'as l'air d'être un rapide, petit gars ! Je ne sais pas de quoi on parle, mais tu es vendeur, à ce que je vois ?

— Directement du producteur au consommateur !

— Oh ! la consommation, dit le vieux, c'est encore autre chose.

Il le scruta un instant, toujours méfiant. Il prenait soudain de l'importance, l'œil devenait finaud, on découvrait qu'il était rasé de près, bien tenu, malgré son tablier de cuir et ses bras de pull retroussés ; un homme habitué à la décision.

— Va ranger ton coucou dans une autre rue, et reviens me vendre ta salade. On verra !

C'était raisonnable. Pierrot reprit son volant, descendit la rue raide, tourna à gauche une fois, deux fois, estima qu'il se trouvait sur les arrières, dans une rue neuve bordée de vergers et de pavillons en construction. Il se regarda dans son rétro, vit qu'il était pâle comme un boxeur de combat. Il toucha le serre-tête de Marie-Anne, resté accroché. Il fut surpris de se trouver brusquement ému, rien que de penser à la petite « demoiselle » de Nomville. Il eut envie d'être « quelqu'un »...

Lorsqu'il revint dans la cour, le chien était attaché court et la porte du garage-atelier était ouverte. Il entra. Le bonhomme lavait placidement ses bouteilles dans un tourniquet à jets, à hoquets, à goupillons répugnants, baignant dans une eau noirâtre et écumante. Tout cela sentait la vieille vinasse, la gniaule de pomme et aussi une odeur plus profonde, exotique et sucrée, le tafia.

— Alors ? dit le bonhomme sans lâcher sa besogne. Qu'est-ce que tu racontes ?

Pierrot regardait autour. Une porte au fond, sur un petit bureau vitré et allumé à l'intérieur, l'intriguait. Le vieux suivit son regard et ne dit rien.

À l'inspiration, Pierrot sortit sa carte grise et son permis de conduire.

— Preuve que le camion est bien à moi !

— Je m'en doute ! dit le bonhomme.

Mais il regarda néanmoins la photo du permis et le numéro de la carte grise avec attention. Il avait arrêté son tourniquet et s'essuyait les mains.

— Voilà, dit Pierrot. Je veux faire la légume sur Paris, mais je transporte tout, je rends des services.

Alors j'aime autant rendre des services directs, sans intermédiaire. Je peux avoir ce qu'on veut, sur place. La quantité qu'on veut. Et pour la qualité, c'est impec. En confiance.

Le vieux avait fini de s'essuyer les mains.

— Je ne suis pas contre la concurrence, dit-il, ça fait baisser les prix. Je ne suis pas contre la pomme, mais de la pomme sans goût, bien fraîche, pour le genre de cuisine qui me convient.

— Garanti ! fit Pierrot.

— Je m'en doute, je m'en doute, répéta le bonhomme en le scrutant. Dans nos métiers, faut de la confiance. Et, sans vouloir te chatouiller, petit, on dirait que ton patron a eu un peu tort de te faire trop confiance, non ?

— Sûr, dit Pierrot. Mais vous n'avez jamais vu mon camion, pas vrai ?

— Jamais, dit le bonhomme.

— Eh bien, comme ça, fit Pierrot, qui est-ce qui vous dit que je double quelqu'un ? Y a pas d'avant, y a pas d'après ; c'est ça, la confiance, pas vrai ? Les affaires sont les affaires.

— Admettons ! fit le bonhomme, rêveur.

Il alla vers le bureau vitré, ouvrit la porte, invita le jeune homme à le suivre. L'odeur de tafia devenait épaisse, visqueuse, résineuse, semblant provenir d'une autre pièce en contrebas, demi-cave. On entendait des chocs de bouteilles, un bruit glouglotant de liquide remué.

Le bonhomme repoussa la porte, très naturel. Les bruits s'estompèrent, mais l'odeur demeura, tenace. Pierrot parut ne rien remarquer. Son regard erra à peine sur trois bouteilles de rhum d'excellente marque qui se trouvaient par hasard sur le bureau, provenance directe de la Martinique... du moins à ce qu'en disait l'étiquette.

Un certain désordre fonctionnel paraissait régner dans le bureau vitré : paperasses sur la table, casiers encombrés, chapeau et veston sur une chaise. Des panneaux de marques d'apéritifs ornaient les murs, une petite machine à capsuler accaparait tout un coin. À première vue, une petite couverture de marchand de sodas, articles de caves et laveur de bouteilles. Un calicot demi déplié sur un classeur indiquait : *Payot, téléphone Belle-Épine... ramasse à domicile...*

Tout cela sentait la longue pratique et les arrières assurés. Le père Payot débarrassa la chaise, fit signe au jeune homme de s'asseoir.

— Je t'écoute.

C'était impressionnant par trop de simplicité. Il fallait en convenir, on sortait du gang aux méthodes militaires, on retombait sur l'artisan, technicien en mélange et en étiquettes : un stage indispensable.

— Eh bien, dit Pierrot, c'est peut-être sur la question du prix que je vais être imbattable. On supprime un intermédiaire, tout le monde y trouve son compte, pas vrai ?

— C'est à voir, dit Payot.

En bon Normand, Pierrot avait une certaine horreur à lancer un chiffre en premier. Il essaya en biais, cordial :

— Si l'un comme l'autre, on se partageait un billet de cent balles du litre, ça cuberait assez vite, pas vrai ?

— Tu m'ouvres des horizons, dit froidement le bonhomme. Mais un petit horizon de mégotage, ça ne m'intéresse pas. J'achète de la camelote et de la sécurité. Je n'ai aucun intérêt à changer de fournisseur. J'ai de la camelote chère, mais de la sécurité sûre. Dans notre métier, petit, il faut faire le poids, ou ne pas être gourmand du tout. Ton billet de cent balles, tu peux en faire des confetti. Je ne sais d'ailleurs pas du tout de quoi nous sommes en train de parler.

— Moi non plus, dit Pierrot. On cause comme ça, histoire de causer. Et moi, je suis peut-être bouché, mais je ne comprends pas très bien pourquoi quelqu'un s'obstinerait à payer la même camelote à dix sacs de mieux le fût de cent dix litres rendu.

Payot ne répondit pas. Il fouilla dans le tiroir de son bureau, en sortit un lot de cartes Michelin, en déplia une.

— Tiens, petit, montre-moi ton bled là-dessus.

— Vers Domfront, dit Pierrot sans bouger. Provenance garantie.

Payot se grattait le menton.

— Le rêve de tout honnête commerçant, c'est de se passer des intermédiaires, dit-il. Le malheur, c'est que les intermédiaires ne peuvent pas se passer de nous. Suppose un peu que je dise à quelqu'un, appelons-le par exemple Marcel, que je vais me fournir ailleurs. Alors, est-ce que tu donnerais cher de ma boutique ?

— Personne n'est obligé de savoir...

— Bien sûr, dit le bonhomme. Bien sûr !... Mais tu vois, tes cent balles du litre, là-dedans, ça ne pèse pas bien lourd. Marcel est cher, mais régulier... Si tu venais me dire qu'il est débarqué et que tu reprends le secteur, c'est autre chose. Mais pour l'ouverture d'un second front, j'ai passé l'âge. Si la profession n'est pas organisée, il n'y a plus de travail possible.

Il sourit, cordial.

— Sans rancune, petit ?

Pierrot sourit également, essayant de gouailler.

— Ça me fait quand même mal au ventre. De la bonne camelote à moins cher, et on vous répond non ! On ne fait rien pour l'ouvrier !

— On ne ferme pas la porte, dit Payot, finaud. Repasse me voir de temps en temps, petit. Tout va, tout vient. Et si tu as un ou deux fûts qui se perdent, tâche qu'ils ne soient pas perdus pour tout le monde !

Il s'arrêta, tendit l'oreille. Pierrot entendait également. Dans la cour, le mastif aboyait de nouveau. Payot se leva.

— Tu n'avais personne avec toi ?

— Non !

— Une petite seconde.

Pierrot se retrouva seul dans le bureau. Il n'était pas mécontent, pesant ce que venait de lui dire le vieux ; en somme, le début d'une possibilité de marchandage... Savoir acheter et savoir vendre, tout est là.

La porte était dans son dos : erreur. Lorsqu'il se retourna, il était déjà trop tard. Alphonse était dans l'encadrement, et Marcel montait la marche.

Pierrot se leva d'un bond, mais comprit aussitôt qu'il n'y avait rien à faire. Marcel était devant lui, plutôt triste, un peu méprisant. Payot entra à son tour. Il avait un air contrarié. Il dit, un peu grondeur :

— Messieurs, messieurs...

— On s'en va, monsieur Payot, dit poliment Marcel.

— Allons, c'est un gosse, dit Payot. Ce n'est pas grave.

— En route, fit doucement Marcel à l'intention du jeune homme.

Pierrot n'avait pas peur, c'était pire. Il se sentait humilié, battu, ridicule, en posture de petit salaud... Payot avait-il téléphoné durant qu'il rangeait son camion ? C'était improbable. Alors ? L'adresse assez ostensible sur le bloc ? Un piège grossier ?... Il le dit, candide :

— Je crois que je ne fais pas le poids !

— Ça m'en a l'air, dit Marcel.

Il se retrouva entre les deux hommes, traversant l'atelier, puis la cour où le chien aboyait stupidement. Il n'avait encore aucune idée de ce qui allait lui arriver. Il avait l'impression d'être pincé par la police, petit malfaiteur sans envergure, méprisable. Il rit, nerveux. Il tenait debout, n'avait pas le genre à s'effondrer, ou à pleurer dans le gilet.

— De toute façon, dit-il, je n'avais pas l'intention de travailler au rabais, ça n'aurait pas marché.

La D.S. noire était à la porte. Alphonse se mit au volant. Marcel poussa le gars sur la banquette arrière, s'assit près de lui et claqua la portière. Pierrot vit alors le gros calibre que l'autre tenait bien en main. La rue était déserte. Alphonse faisait tourner le moteur et la voiture commençait à « respirer », mais sans bouger de place.

— Les quatre-vingts sacs ! dit Marcel, presque poliment.

— J'ai envoyé un mandat, essaya Pierrot.

Mais, aussitôt, il y eut comme une explosion, il resta sidéré dans les teintes rouges qui lui bombardaient la rétine... Est-ce qu'on le tuait ? Il mit quelques secondes à comprendre qu'il avait seulement reçu un coup de crosse sur la tempe.

Marcel lui fouillait les poches, récupérait l'enveloppe intacte...

— Allons-y !

La voiture roulait, déjà rapide...

Pierrot avait porté les mains à sa tête, sonné.

— Hé ! essaya-t-il pourtant, c'est à moi. Je l'ai gagné !

— Ah ! oui ? fit seulement Marcel.

Pierrot sentit qu'il devenait faible... Il ne savait pas, jusque-là, ce qu'était l'évanouissement. Eh bien, il en avait l'avant-goût : tout en veilleuse, les muscles mous, l'impression de pieuvre blanchâtre qui vous glace l'intérieur, la sueur froide, la nausée... Cela dura combien ? Quelques secondes ? Quelques minutes ?

Il lui sembla que la voiture longeait un mur de ciment, s'arrêtait, repartait. On entrait dans une enceinte, quelque chose qui ressemblait à un stade désert, un terrain de foot... Mais oui, on longeait une tribune, on s'arrêtait devant un petit bâtiment.

Il faisait effort pour retrouver son calme, ses

forces... Deux hommes armés... Est-ce qu'on allait le finir là, dans le stade désert ?

— Dehors !

C'était Marcel qui commandait. Il peina un instant sur la poignée de la portière. Du dehors, Alphonse ouvrit et le tira sans ménagement.

Il prit un coup dans l'estomac, voulut se redresser, prit un autre coup en pleine face, qui lui parut douloureux et écrasant comme un plongeon raté... On lui tenait les bras, on le portait presque. Tout cela était rapide, méthodique, sans une parole...

Il vit qu'il était dans un vestiaire, une pièce fermée, puant la poussière et la sueur refroidie. Une ampoule à cru brillait sur sa tête.

Hok !... hok !... Il recevait les coups, une solide dégelée, l'un, l'autre. Il tombait... Tout devenait vague... Hop ! encore. Hop !... Pas un mot... Il avait la cotonneuse impression de vouloir résister, mais il était sonné, depuis le coup de crosse, ne regroupait plus rien, dégustait, pantelant.

Une voix dit soudain :

— Ça va comme ça !

Et puis il se mit à pleuvoir, à pleuvoir... Il prit conscience qu'il était étalé sur le ciment, sous une douche glacée qui lui cinglait la face... Une vraie douche, qui cataractait d'une pomme haut placée, en pluie lourde, glaciale, suffocante...

Rendu lucide, il chercha à se dégager. La pluie s'arrêta... Il entendit : Hoo !... Hoo !... C'était lui qui gémissait... Il ouvrit les yeux, vit les deux hommes qui le regardaient, très hauts, très puissants, silencieux...

L'un d'eux ouvrit la bouche, et dit quelque chose qui parut résonner partout sur le ciment mouillé, déformé, incompréhensible... Pierrot cessa de gémir. Il aurait tout donné pour comprendre. Il eut un regard candide dans sa face sanglante et mâchurée... Puis il comprit enfin, à retardement... « Ça fait ton compte ? »...

— Oui, dit-il. Oui !

*

Ce ne pouvait être qu'un cauchemar.

Licu indécis, fenêtre au rideau tiré, lourde et imposante armoire normande de style Louis XIV... Et puis ces portraits-photos, cette impression d'étirement en profondeur... Qu'était-ce donc ainsi ? Le réel qui subit une distorsion, qui se perd dans sa propre perspective ?

Les bruits mêmes avaient une résonance inconnue : des cloches, des épaisseurs englouties, des sifflets mous, des roulades. Et quand quelqu'un parlait...

Quelqu'un parlait, là, brusquement, en gros plan... Était-ce Charlotte ? La Dhozier ? Elle ouvrait la bouche, elle parlait. Et ce qu'elle disait était incompréhensible.

De nouveau, le rideau se tirait. Dehors, c'était la nuit. La nuit, la lune... Angoisse.

Bourrée d'édredons, liquide de sueur, respiration haletante, Marie-Anne avait un sommeil agité.

Sa chambre avait l'aspect désuet des vieux intérieurs de campagne : murs simplement blanchis, candélabres, crucifix, boiserie de lit travaillée en lourdes volutes, pendulette Empire au son grêle.

Combien de fois le son grêle avait-il pu retentir, dans ce cauchemar ? De jour, d'abord, puis durant une longue nuit, puis à nouveau dans la clarté grise de la chambre au rideau tiré.

Et voilà que ça se mettait à sonner maintenant, interminablement. La pendulette marquait midi. Midi sonnait, mais comme multiplié par d'autres sons aigrelets, incisifs, bien réels.

Dehors, les gamines hilares actionnaient le timbre de leur vélo, toutes tournées vers la fenêtre au rideau tiré, goguenardes.

Mlle Dhozier parut à la porte, agita les mains, gueularde :

— La première que j'attrape... Effrontées... Sauvez-vous de là !

La voix y était, mais pas le ton, qui restait malgré tout un peu complice. Les petites commencèrent à s'égailler doucement, sans panique.

Derrière le rideau, Marie-Anne, debout, avait jeté un coup d'œil dehors. Elle se sentait la tête lourde, horriblement malade, dévastée. Mais elle était parfaitement lucide. Elle vit midi, elle vit les gamines et la Dhozier. Elle comprit.

Charlotte était entrée, gentille.

— Eh bien, mademoiselle, vous nous avez fait une peur ; plus moyen de vous réveiller à matin ! On pensait même faire venir le docteur.

— Inutile ! fit Marie-Anne avec amertume.

Dehors, les gosses s'éloignaient. Marie-Jeanne Lecorre fit un signe à son père qui passait en charrette et qui s'arrêta poliment près de la Dhozier.

Par la fente du rideau, Marie-Anne put les voir lever les yeux, tous les deux. Mlle Dhozier, d'un ton enjoué, dit quelque chose d'indistinct, et Lecorre, aussi joyeux, secoua les doigts d'un air amusé.

— Eh bin !

Puis il prit quelque chose dans sa charrette et le tendit à la directrice.

— Je m'en vas vous ouvrir, dit Charlotte.

Elle ouvrit les rideaux et la fenêtre, et cria dehors, gaiement :

— Ça y est ! l'est réveillée !

Marie-Anne se regarda dans la petite glace. On ne l'avait même pas déshabillée ; c'eût été péché ! Elle avait le visage et les vêtements fripés. Elle se sentait encore humide de sueur, dépeignée, laide, vaincue.

Elle mit de l'eau dans la cuvette de faïence, se passa un coin de serviette mouillée sur le visage.

Elle vit venir la Dhozier dans le miroir, resplendissante, rajeunie, compatissante.

— Eh bien, ma pauvre sainte femme !... Ça va-t-y mieux, à c't'heure ?

« Pauvre sainte femme », c'était la marque d'une haute cordialité. Sûr, la Dhozier était en paix avec sa conscience. Elle tendit ce qu'elle tenait en main : un litre de gniaule.

— Cadeau d'un admirateur, pardi ! Ils vous aiment mieux qui « faison » point de manière, allez ! C'est de la bonne !

Marie-Anne ne prit pas. Elle se sentait giflée, bafouée, piétinée. Elle avait le froid de la solitude en pays ennemi. Elle voulut lutter encore un peu...

— Vous m'avez saoulée n'est-ce pas ? Vous êtes contente ?

— Je vous ai guérie, ma petite ! fit la Dhozier, immédiatement combattive. N'avez plus de fièvre, donc ! N'allez plus faire de bêtise, comme de narguer les parents, dame ! Voilà bin trente ans que je m'occupe de cette école, mais pas une élève ne peut se vanter de m'avoir vue raboulée saoule, moi !

— Vous êtes malhonnête ! dit Marie-Anne.

La Dhozier se haussa encore d'un ton, superbe, méprisante.

— C'est comme mon père ! Je ne suis point d'une famille d'ivrognes, moi !

Le coup était trop bas, trop écœurant.

— Méchante et bête, souffla Marie-Anne.

— Et dame, fit la Dhozier, rapide. C'est vous qui l'avez avoué, tiens ! La Charlotte est là pour le dire !

Dépassée, la grosse fille regardait, les yeux ronds.

— Vous sentez-vous capable de faire la classe, cet après-midi ? demanda la directrice avec une sollicitude voulue.

Marie-Anne fit un bref signe affirmatif de la tête. La directrice redevint alors très cordiale, ayant vaincu sur toute la ligne.

— Allons, ma pauvre sainte femme, vous allez descendre manger, à c't'heure ; ça vous fera du bien.

— Merci, dit Marie-Anne au bord des larmes, mais je ne pourrai rien prendre.

— Comme vous voudrez, donc !

Et la Dhozier sortit.

— Allons, mademoiselle, fit gentiment Charlotte, de la petite soupe au lait et aux oignons, ça vous fera point de mal ; au contraire.

— Merci, dit Marie-Anne avec une ébauche de sourire. Croyez-vous que M. le Curé soit chez lui, à cette heure-ci ?

— C'est bien possible, dit Charlotte. Voulez-vous que j'aille voir ? Il était point à son aise, hier soir. Il ne voulait toujours point boire. Et puis à matin, à sa messe, il était tout drôle.

— J'y vais, dit Marie-Anne.

*

Dans la cour du presbytère, la jument Coquette était attelée au cabriolet. Elle paraissait nerveuse, un peu effrayée, et lorsque la jeune fille s'approcha, elle eut comme un écart, un hennissement de peur.

L'abbé Hulin avait attelé pour partir, sans doute ; mais il n'était pas dans la cour. Par une fenêtre ouverte, Marie-Anne le vit assis immobile à son bureau.

— Pourrais-je vous parler ? demanda-t-elle.

Il ne répondit pas, et d'abord elle crut qu'il dormait. Mais elle vit qu'il ouvrait les yeux et il souffla :

— Entrez !

Lorsqu'elle le vit de plus près, à l'intérieur, elle fut tout de suite frappée par le changement qui s'était opéré en lui. Le regard était fixe et la respiration difficile. Il n'avait pas sa barrette, et ses cheveux blancs paraissaient frisés, fous, humides de sueur lourde comme s'il sortait d'un bain.

Il lui fit cependant signe de s'asseoir.

— Ça ne va pas, monsieur le Curé ?

— Ça va, murmura-t-il, ça va !

— Voulez-vous que j'appelle ?

— Non... Donnez-moi seulement, s'il vous plaît...

Il ne continua pas, comme frappé d'aphasie. Derrière lui, il y avait une bibliothèque de vieux chêne, à peu près vierge de livres et qui contenait surtout des objets les plus hétéroclites : petits crânes d'oiseaux, bouquets séchés, vieilles pipes, galets curieux des bords de mer... Le vieil homme tenait ses mains serrées contre lui, l'une l'autre, avec force, comme s'il s'était agi d'animaux précieux qui cherchaient à s'échapper :

Il ouvrit la bouche à nouveau, rauque :

— De l'iau ! S'il vous plaît ! De l'iau !

Devant lui, Marie-Anne remarqua alors un verre à pied, brisé sur le bureau. Le vieil homme déplia ses mains, et les mains se mirent à trembler comme s'il n'en était plus maître.

Marie-Anne prit le pichet qui se trouvait au bord du meuble pour aller le remplir ; elle se rendit compte qu'il contenait encore un liquide. De l'eau ?... Il n'y avait pas de verre et le vieil homme était là, suppliant.

Marie-Anne huma, puis, prenant le pichet à deux mains, elle but directement une gorgée. C'était bien de l'eau ; pas très fraîche, mais de la bonne eau quand même, sans goût, qui lui fit personnellement du bien.

— Tenez ! fit-elle.

Elle fit le tour du meuble, s'approcha du vieil homme. Avidement, il tendit ses mains tremblantes ; mais elle approcha elle-même le pichet des lèvres du vieux. Il but, il déglutit, soudain exorbité, affreux. Il avala coup sur coup une demi-douzaine de gorgées, comme une terre assoiffée. Il eut un rot béat, puis soudain, des deux mains, il repoussa le pichet avec un brusque effroi.

— C'est point de l'iau !

Il était devenu livide. Avec une force subite, il prit le pichet, tenta de le briser en le cognant sur le meuble.

— C'est point de l'iau que tu me donnes, mauvaise !... Mauvaise ! C'est de la goutte !

Marie-Anne était atterrée.

— Monsieur le Curé. C'est de l'eau, je vous le jure, J'en ai bu...

Il tentait de se lever. Son visage se déformait ; le coin de ses lèvres était écumeux. Puis, aussi brusquement, il redevint très calme. Il rit, doucement.

— Heu lô, gars ; mais oui, c'est bin de l'iau, dame ! Je suis point parjure, Vierge Marie. C'est bin de l'iau !

Il referma les yeux, replia de nouveau ses mains l'une sur l'autre. Marie-Anne était bouleversée.

— Vous êtes malade, monsieur le Curé. Restez là, je vais appeler...

Il semblait ne pas entendre. Les yeux fermés, il murmurait des mots incompréhensibles. Son front ruisselait de sueur, cela coulait dans ses rides profondes, dans la cavité de ses yeux creux. Elle se rendit compte que sa soutane était trempée et lui collait littéralement aux épaules.

— Ne bougez pas ! recommanda-t-elle.

Et elle sortit en courant. Le vieux curé se mit à chanter quatre ou cinq notes d'un cantique, puis il se leva, se heurta violemment dans son bureau et ne parut pas s'en rendre compte.

Il avait un visage d'apôtre joyeux. Il fit un grand signe : il se mit à crier d'une voix sourde, une voix tronquée de délire :

— La marée à huit heures, les enfants !... *Ave Maris Stella*... Oh ! la mer !...

Il faisait de grands gestes vagues comme s'il cherchait à nager. Il paraissait heureux comme un enfant.

— Eh donc ! Je sais nager ! Mais regardez donc !...

Il haletait. La sueur lui giclait littéralement par les pores. Avec la même soudaineté, ses gestes de délirant s'étaient transformés ; il tenait maintenant les rênes, il claquait de la langue :

— Djep ! Vé, Cotchette, vé !...

*

Marie-Anne entra dans la cour de l'école en courant. Elle appela :

— Charlotte ! Charlotte !

Personne ne répondit. Alors elle entra dans la salle. À table, la Dhozier trempait du pain dans un ragoût. Elle dit, sans tourner la tête :

— Vous v'là bin vaillante, maintenant ! Qu'est-ce que vous lui voulez, à Charlotte ?

— C'est M. le Curé, dit Marie-Anne. Il est malade.

— Malade ?

La Dhozier s'était retournée, tranquille.

— Et qu'est-ce qu'il a donc, encore ?

— Il délire.

— Délire ? Et qu'est-ce que vous voulez que la Charlotte y fasse, donc ?

— Me v'là ! fit Charlotte, qui venait du fond. Qu'est-ce qui presse, à c't'heure ?

— Il va se blesser, dit Marie-Anne. Venez vite. Appelez le médecin !

Elle fixa la directrice.

— C'est le *delirium*, dit-elle, très grave. Je sais. Le *delirium tremens !* C'est l'alcool ! Votre sale alcool !

La Dhozier se leva, comme mue par un ressort.

— Ah ! bédame, c'est les transes ! De ne point boire de deux jours, le pauvre. C'est les transes.

Elle empoigna le cruchon de goutte sur la table.

— Il est sevré de goutte, tiens ! Vite, Charlotte, va le faire « bère » avant qu'il ne casse tout !

Les trois femmes sortirent en courant. Marie-Anne voulut d'abord les arrêter :

— Je vous interdis ! Ne lui donnez pas cette saleté !

Mais la Dhozier la repoussa, sincèrement indignée.

— Ah ! vous, ça suffit, le mal que vous faites ! Que c'est de votre faute s'il n'a rien de sérieux dans le corps depuis deux jours...

Le presbytère n'était pas à quinze mètres. Mais lorsqu'elles voulurent entrer par la porte cochère, elles se reculèrent soudain, effrayées. Coquette, les yeux fous, fouettée à tour de bras par le curé Hulin debout sur son cabriolet, passait la porte au grand galop.

Le vieil homme criait, rejeté sur son siège, se relevant, ne tenant que par miracle, cognait sans relâche du manche de son fouet en hurlant :

— Démon ! Démon ! Démon !

Il était tête nue, les yeux vides, la bouche ouverte. Il avait le visage à la fois effroyable et pathétique d'un supplicié.

Ce même visage courut dans la campagne, tourmenté comme un Greco, sur un fond de nuages.

C'est lui que virent les cinq gamines qui revenaient chez elles, flânant, sur des vélos trop grands pour elles. Elles entendirent le bruit du cheval emballé d'abord, se rangèrent de justesse et se mirent à crier de peur devant cette apparition subite, haut dressée, apocalyptique : leur vieux curé debout, les bras en bénédiction, le regard indifférent et terrible.

Elles étaient encore dans l'effroi et les pleurs lorsque le fils Audouin les rejoignit, quelques instants plus tard.

— Où qu'est donc M. le Curé ?

— Tout dré ! firent-elles d'un même geste.

Tout dré, c'était la côte qui pointait vers le ciel.

Mais quand le fils Audouin arriva en haut, sur sa pétrolette, il eut devant lui l'immensité du panorama. Et, au milieu de ce panorama, la route s'étendait toute droite jusqu'à l'horizon, et elle était déserte.

Sur le côté, à deux cents mètres, Coquette attendait, la tête basse. Et dans une haie, on pouvait voir les roues de la carriole versée.

*

Pierrot revenait de Paris, le corps douloureux, un œil fermé, tout un côté du visage bouffi et violacé. Il conduisait rapidement, pressé d'arriver.

Avertissement ! C'était fadé. Il était furieux, encore trempé. Il s'en voulait, frappait son volant... Bon Dieu de bon Dieu !... Le gars de cambrousse en lui se révoltait. Il était assez intelligent pour comprendre qu'il s'était conduit comme un petit lourdingue des fins fonds, trop habitué à flouer les « volants » sur son terrain, s'imaginant qu'il était Superman en personne, plus rusé, plus malin que tout le monde !...

Rude réveil. Les malins à Paris cognaient dur, et venaient de lui interdire le trafic. Définitif !... Des muscles, des moyens financiers, des armes, des cerveaux ! Fallait-il être assez inconscient pour affronter tout cela d'un bloc !

« Mais, pensait-il... Je n'ai pas dit mon dernier mot ! »

Et il apprenait en sourdine une grande vérité de toujours, à savoir que la première bonne dégelée qu'on reçoit n'a guère d'importance ; c'est la manière dont on se relève qui compte. Et lui, il se relevait, et il en voulait, question de tempérament. Il remettait le compteur à zéro et repartait...

Avertissement ? Eh bien, d'accord ! Un homme « averti » en vaut deux !

Il avait passé la moitié de la nuit tout seul et grelottant dans un vestiaire plein de rats et sans lumière. Il avait cherché, cogné partout, enfermé avec le frisson de la petite mort au moindre bruit, mijotant dans l'horreur.

— Fais tes prières, avait ricané Alphonse. On passera te prendre au petit jour !...

Qu'est-ce que c'était ? Jactance ou menace réelle ?

Il n'avait pas attendu le petit jour. Vers trois heures du matin, il avait repris assez de force pour briser une porte et s'échapper par un vasistas. Il avait longuement erré dans la nuit d'une banlieue inconnue, dégouttant d'eau encore, transi et douloureux, pas très fier de lui. Il avait même un peu pleuré, comme un gosse battu.

Pas découragé, pourtant. Pas une seconde, il n'avait envisagé l'abandon. D'accord, il avait le genou au sol et se faisait compter, mais il allait repartir ! Un combat, cette nuit-là ? Non, tout juste un premier round !

Il avait suivi des murs d'usine à l'heure froide, longé une tranchée de chemin de fer où s'ébranlaient les premiers trains banlieusards... Il avait pu se repérer enfin, avait trouvé son camion et, sans un sou, sans un papier, il avait repris la route.

*

À Nomville, il y avait du monde sur la place de l'église.

Perlot, le garde-champêtre, sortait de ses ténèbres vitreuses pour tenter vainement d'organiser le chaos.

— En arrière, les enfants !... C'est point des choses à regarder ! En arrière !...

Ils étaient cinq ou six autour du cabriolet, tenant Coquette au plus court et lui tiraillant les naseaux, comme si la pauvre bête y était pour quelque chose.

Quatre autres, graves comme des moines, portaient le vieux curé inanimé sur un plaid, traînant presque à terre, escamoté.

— Y a rien à voir ! disait Lecorre d'un air furieux, en repoussant femmes et enfants.

Et, comme Marie-Anne était au premier rang, il la repoussa sans ménagement.

— Surtout point vous !

Il referma sur lui la porte du presbytère. La Dhozier toisa la jeune fille.

— Voyez ce que le monde pense de vos agissements ! Vous avez poussé ce saint homme à sa perte !

— Mais... essaya la jeune fille.

Elle vit les commères autour d'elle, réprobatrices.

— Je vous laisse avec votre conscience ! fit la Dhozier. J'espère que vous avez la conscience causante.

Marie-Anne se sentit plus seule que dans un désert. Elle n'avait plus de force, plus de courage. Très droite, et de ce fait très maladroite, elle était exactement une héroïne, prête au dévouement, au sacrifice, au don de soi. Mais peut-on se dévouer longtemps au bien des gens, malgré eux ?

Elle vit arriver le camion de Pierre Soulage, et elle se sentit réconfortée. Était-ce un ami, ce garçon « culotté » qui l'avait embrassée à Domfront ? Peut-être pas. Mais peut-être était-il le seul, dans cette bande d'imbibés, à pouvoir l'aider à reprendre contact avec du monde normal, des alliés.

Ce fut lui qui vint vers elle. Elle remarqua qu'il était pâle, marqué, qu'il avait mûri en quarante-huit heures. Il lui fit un sourire triste et lui demanda comment elle allait.

Ce ne fut pas la jeune fille qui répondit. Une fillette de huit ans, une petite, se détacha d'un groupe de gosses, et vint crier, haineuse et effrontée :

— L'Augerote ! Chaussures à bascules !

Et, sitôt dit, elle s'enfuit avec les autres mignardes ricaneuses, comme une volée de mésanges chamailleuses.

Pierrot et Marie-Anne se regardèrent.

— Oui, dit-elle, je suis restée vingt-quatre heures ivre morte.

— C'est la Dhozier qui... ?

Elle eut un geste évasif.

— Oh ! maintenant, elle a gagné. Je dois partir.

Un gars de vingt ans s'approcha, et, très simplement, il dit à son ami :

— Laisse tomber, Pierrot ! Viens !

Pierrot ne répondit pas, mais il prit le bras de la jeune fille. Il se rendit compte qu'elle tremblait. Il l'entraîna vers son camion.

— Montez !

Tout le monde les regardait dans un silence hostile. Le fils Romphaire, qui venait de faire une réflexion, crut comprendre et dit à haute voix :

— Il a raison ! Qu'elle foute le camp !

Pierrot se tourna vers lui et lui dit, pour couper court :

— Ce n'est pas encore toi qui fais la loi, ici !

Il aida la jeune fille à monter et vint s'installer au volant.

— S'il vous plaît, dit-elle. Je voudrais voir mon cousin.

— Je vous emmène.

Il démarra et presque aussitôt ils roulèrent dans la campagne... Alors elle se rendit compte seulement qu'elle était seule avec lui, fripée, malade, dépeignée. Il lui tendit son serre-tête.

— C'est ça que vous cherchez ?

Elle le prit machinalement et dit merci. Puis elle parut comprendre ce que la présence de cet objet accroché au pare-brise signifiait. Elle referma sa main sur le bras du jeune homme qui conduisait.

— Vous êtes chic avec moi, dit-elle. Je vous fais perdre votre temps.

*

Devant « Chez Bardin », de jour, on lisait le menu, que portait un bonhomme normand en bois, agrémenté d'une devise historique quelque peu modifiée : « Domfront, ville de bonheur. Arrivé à midi. Complet à une heure ! »

Il était plus d'une heure, mais la salle était, hélas, vide !

Quand Bardin vit arriver les « clients », il eut un petit frisson dans les veines. Il reconnut du premier coup d'œil la D.S. noire et la jeune femme qui pilotait.

Mais ce n'était pas Solange qu'il craignait, qu'il prenait à tort pour une méprisable putain. C'était Rousseau qui lui faisait peur, et l'autre homme aussi qui avait toujours l'air d'un touriste fripé, aux poches lourdes et bourrées, et qui ne disait jamais rien.

Depuis l'avant-veille, Bardin savait que le coup avait raté. Augereau et Carbonnier avaient bien fait une prise remarquable, près de quarante hectolitres à quatre-vingt-dix-huit degrés. Ils avaient bien arrêté un subalterne qui ne disait rien, et d'ailleurs ne savait rien... Mais Rousseau était là, et la fille ignoble, et l'autre acolyte aux manières de tueur.

Et tout cela sentait le règlement de comptes. Il est de ces bêtes de proie qu'il faut savoir abattre du premier coup.

Bardin se replia sur la salle de café. Il avait une mauvaise sueur aux tempes. Il entrouvrit le tiroir derrière le comptoir, contempla le Luger d'officier qu'il avait pu avoir à bon compte (un litre de goutte) au moment de la débâcle allemande. Il s'en sentit plus fort, mais n'osa le glisser dans sa poche.

Il poussa la porte battante qui menait à la cuisine, mais Mme Bardin ne s'y trouvait pas ; elle devait être quelque part dans la cour ou dans les chambres.

Bardin se sentit abandonné, tout à coup seul devant l'image de sa mort.

Prévenir ? Mais prévenir qui ? Et que dire ?

Il revint au café, prit rapidement une moque, l'emplit de goutte à un petit tonnelet, la but d'un trait.

Puis il prit le Luger et le glissa dans la poche de son pantalon, plus avachi, plus bedonnant, déjà vieil homme.

Il entendit claquer la porte de la salle du restaurant. Alors il remonta sa ceinture et eut un rire nerveux, car il était malgré tout homme d'esprit : un vrai western !...

Il calma sa respiration pour faire les trois pas qui le séparaient de la porte, ouvrit celle-ci, vit les trois « clients » qui s'installaient posément, le dos tourné.

Un court instant, il eut une velléité de lâche : leur tirer dans le dos.

Mais du fait même qu'il ne détestait pas les westerns, il croyait détester les traîtres. Et on l'eût fort surpris en lui laissant entendre qu'il en était un. Il pratiquait la ruse de bonne guerre, sans plus.

Il hésita même une seconde, mais c'était la crainte de faire un couac, de laisser entendre la fêlure dans le son de sa voix. Il poussa la cordialité à bloc, de crainte de paraître en manquer.

— Par exemple ! Quelle bonne surprise !

Mais il comprit tout de suite qu'il faisait « un bide ». Ni Rousseau ni Alphonse ne s'étaient retournés. Seule, Solange eut un regard torve, en ôtant ses lunettes de soleil.

— Le taulier se prétend surpris, constata-t-elle d'un ton morne.

Bardin, qui avait tendu la main, se sentit en porte-à-faux, absolument pas maître de la situation.

— Je vous croyais à Paris, fit-il, riant jaune.

— Où ça ? fit Solange. À la Santé ?

— Je vois que nous ne sommes pas à la même longueur d'onde, fit Bardin comme quelqu'un qui ne veut pas se fâcher. Je vous sers le petit coup de l'amitié ?

Rousseau s'était enfin tourné vers lui, impénétrable.

— Vous nous servirez ce qu'on vous dira.

— Mais, mon cher ami, vous paraissez fâché ?

Alphonse, à son tour, examinait l'aubergiste de son œil gris acier. Il donna immédiatement le résultat de son examen professionnel.

— Ce faux derche a un soufflant dans la poche droite.

— Non ? fit Rousseau d'un air faussement incrédule. M. Bardin aurait l'intention de faire ses commissions lui-même ? Il remonte dans mon estime.

Le silence se fit pesant. Bardin était devenu verdâtre. Certes, il « travaillait » à l'intimidation, apte à se faire craindre, à faire jouer le poids de la société avec lui, contre l'autre... Mais le défi direct, d'homme à homme, ne lui était pas familier. Trop madré, trop calculé, trop agent électoral pour se jouer sur une seule carte.

Il tenta un sourire bonhomme, fignolé par des années d'exercice.

— Il est exact... fit-il en tâtant sa poche. Mais c'est ici une maison ouverte à tous ; et je n'ai pas que des amis...

— Enlève-lui ça ! commanda Rousseau, du coin de la bouche.

Alphonse se leva, s'approcha de Bardin, très détendu comme un poids lourd devant un « plume ». Il conseilla même, patelin :

— Allons, pépère, ne fais pas le jeune homme !

Sur les tempes de Bardin, les veines avaient sailli, de la grosseur d'un doigt. Cela se fit prestement, rapidement, sans qu'il soit même bousculé. Alphonse se retrouva avec le Luger à la main, qu'il examinait déjà en connaisseur.

— Joli !

— Jette ça là-haut ! fit Rousseau.

Là-haut, c'était un vaisselier normand en merisier rouge, atteignant presque les poutres.

— Dommage ! fit Alphonse.

Mais, sans discuter, il expédia l'objet derrière la corniche où il disparut dans un bref nuage de poussière.

Bardin était visqueux comme un homme au poteau. Il voulait paraître digne.

— Vous cherchez à m'offenser, Rousseau ?

— Moi ? fit Rousseau. Je m'en fous !

Il examinait le menu, très désinvolte ; se tournant vers Solange :

— Qu'est-ce que vous prendrez, chère amie ?

— Les rognons de Bardin flambés à la goutte ! fit-elle. Nous avons fait le voyage pour ça !

— Patience ! fit Rousseau, ambigu. Patience !

*

Décidément, Pierrot s'était assagi. Il roulait à moins de soixante ; mais peut-être était-ce par délicatesse, pour ne pas indisposer Marie-Anne ?

Ils avaient reparcouru la campagne où la pomme était reine. À l'entrée des prés-vergers, on la voyait en tas pyramidaux, en myriades de fruits médiocres, ni bien verts, ni bien rouges, d'un ocre indéfini. On la revoyait chargée sur ses charrettes, au détour des chemins, aboutissant sur le devant des fermes, dans un pressoir à pulpe, meule en granit qui broyait lourdement, tirée par un cheval ennuyé.

— Qu'est-ce qui vous est arrivé ? osa demander la jeune fille qui avait vue sur l'hématome.

— Petit accident, dit Pierre.

En fait, toutes les nuances de l'arc-en-ciel commençaient à surgir dans la bouffissure. Son œil était presque fermé ; c'était gênant et douloureux.

— Vous ne pouvez pas rester comme ça, fit-elle gentiment.

Il comprit qu'il avait une amie. Et, d'un coup, toute cette affaire de trafic où chacun trahissait l'autre, où les Bardin ne valaient pas mieux que les Rousseau, et où lui-même ne se conduisait guère qu'en petit salaud, tout lui parut soudain puant. Il eut envie d'être franc, gars loyal, pas feignant, pas soumis, digne de cette ridicule petite girl-scout antialcoolique qui venait de se faire anéantir définitivement, et qui n'avait plus qu'à partir, écrasée à la première escarmouche.

— Oh ! moi, dit-il. Je me suis fait moucher, c'est bien fait pour mes pieds... Mais vous, Marie-Anne, il faut rester.

— Je n'en ai nulle envie.

— Je vous le demande, dit-il. À Paris, je suis zéro ; mais ici, ça va encore. Et j'aime autant vous dire que si je me range de votre côté, on ne viendra pas vous chercher d'histoires.

— Tiens ? fit-elle, la moquerie au coin des lèvres. Aurais-je tout de même fait un adepte ?

— Adepte ?... Ah ! l'antialcoolisme ? Ça, je m'en fous, convint-il. Mais de vous, je ne me fous pas. Prenez ça comme vous voudrez.

Il venait de lui faire une déclaration d'amour, et elle ne s'y trompa pas. C'était loin de lui déplaire. Mais elle était raide, comme tous les purs. Elle demanda, très droite :

— Vous avez transporté de l'alcool à Paris ?

— Voilà le genre de questions qu'on ne pose jamais, dit-il, étonné.

Elle se raidit encore, devint presque pathétique.

— Je n'ai aucun savoir-vivre... Que vous mettiez mon cousin les pieds dans une mare, c'est peut-être une plaisanterie un peu lourde. Mais il m'a montré à quoi conduit le grand trafic : les accidents provoqués, les coups de feu, la charge de plastic, la mort d'hommes. Eh bien, j'ai beaucoup d'amitié pour vous, mais à ça, je dis non !

— Non, ça ne veut rien dire, releva-t-il placidement.

— Oh ! si ! répliqua-t-elle. Ça veut dire ceci : si je reste ici, nous ne pouvons pas être amis, car je suis désormais de l'autre camp, résolument !

— Du camp Augereau ?

— Absolument.

— Eh bien, fit-il, merci de me prévenir.

Partout, on voyait la pomme-reine qui était un « bien », qui allait faire du cidre et de la goutte à profusion. Tant et tant de goutte qu'après avoir saturé la région, on l'acheminait encore par centaines de milliers d'hectolitres vers des gosiers peu délicats qui la consommeraient sous forme de pastis, ou de rhum, ou de scotch, ou de tout ce qu'on veut qui coûte cher, avec des mines de fins connaisseurs, bassement couillonnés. Trafic ! Trafic !

— Eh bien, fit le jeune homme avec un défi calme, presque amical. Oui, j'ai transporté près de deux mille litres d'alcool. Oui, j'ai fait le grand trafic sur Paris. Oui, j'ai été payé à coups de poing parce que je me suis débrouillé comme un manche. Oui, je sais que je risque ma peau, et oui, je recommencerai ! Voilà !... Maintenant, ma petite Marie-Anne, tout ça, prouvez-le ! Votre cousin est du métier, lui. Il sait qu'il n'y a jamais condamnation sans preuve !...

— J'ai peur pour vous ! dit-elle seulement.

Et, comme elle passait son bras sous le sien qui conduisait, il comprit combien de chaleur humaine, combien d'amour et de générosité il pouvait y avoir chez cette fille à principes.

*

Bardin vit arriver les gendarmes avec surprise et soulagement. Tant que ceux-là seraient là, rien ne pourrait arriver de grave.

Il alla vers le brigadier Lesourd, main tendue.

— Qu'est-ce que vous prenez, chef ?

Mais Lesourd se contenta de saluer.

— Je suis requis par ces messieurs, fit-il.

Les messieurs, c'étaient le juge Ouvrard, les contrôleurs Augereau et Carbonnier, tous avec des mines fermées.

— Vous voilà bien officiels, essaya Bardin. Que se passe-t-il ?

Il le sut, et rapidement. On lui demanda si les caves et la courette de l'autre côté de la ruelle lui appartenaient bien. Et, sur l'affirmative, on lui signifia un mandat de perquisition.

Bardin prit un air amusé, plutôt qu'outragé. La scène se passait dans le couloir, il prit des clés à un tableau.

— Si ça vous amuse... ! Je vous en prie, messieurs !

Il avait la conscience en paix. De la gniaule, certes, il en avait, plusieurs barriques dans la cave ; mais tout était parfaitement en règle, avec les factures, les congés, les droits payés. Il se permit un brin d'amertume, tourné vers Augereau.

— Me faire ça, à moi, qui ne demande qu'à collaborer... C'est inattendu. Si ce sont là des manières de l'Administration pour remercier les bons citoyens, elle en sera pour ses frais !

— Je vous le souhaite, fit simplement Augereau. J'agis en ce moment sur ordre de Paris.

Ils traversaient la ruelle, et Bardin présentait la clé à la porte cochère de la courette. Il s'adressa au juge, d'un ton franchement peiné.

— Je te remercie, Paul, pour ce geste amical !

— Oh ! fit le juge. Tu es assez malin pour être en règle... Moi, j'ai des ordres de Paris, catégoriques !

Bardin haussa les épaules.

— Paris... Paris... Est-ce qu'ils savent que j'existe, à Paris ?

Il ouvrit.

La cour aurait dû être vide, et le camion était là ! Bardin sursauta et comprit. Il fit fonctionner à toute vitesse ses circonvolutions cérébrales, mais le coup semblait imparable... Un vieux P. 45 minable, de trente ans d'âge, déglingué de toutes pièces, chaussé de vieux pneus dont on voyait la toile, un objet de rebut pour lequel aucun casseur n'aurait fait cent mètres.

Mais là-dessus, il y avait un chargement, sous

une bâche faite de vieux sacs raboutés. Et Bardin avait compris que ce chargement-là, ce n'était pas de la pomme de terre.

Déjà Carbonnier avait soulevé la toile, les fûts apparaissaient. L'œil exercé de Bardin supputa qu'il y en avait plus de deux mille litres... Quelqu'un qui lui voulait du bien avait des moyens suffisamment puissants pour absorber la perte de deux mille litres d'alcool, sans compter le prix du camion, négligeable, à seule fin de lui faire flanquer une colossale amende !

— Je ne comprends pas ! fit-il. Sincèrement, je ne comprends pas. Quelqu'un a garé ce camion à mon insu...

Il ne vit autour de lui que regards incrédules.

— Louis, tu me déçois, murmura le juge.

Et on pouvait interpréter cela de plusieurs façons.

— Résumons-nous, dit Augereau qui avait pris sa voix officielle. Ce camion a bien été trouvé dans une cour vous appartenant et dont vous possédiez la clé ?

Bardin haussa les épaules.

— Vous êtes intelligent, Augereau. Je suis victime d'une machination, cela saute aux yeux.

— Vous pourrez toujours plaider cela en justice, dit Augereau. Personnellement, je m'en tiens aux faits. Vous connaissez le tarif ?

— C'est ma ruine, dit sombrement Bardin.

Le juge Ouvrard intervint, modérateur.

— Nous pouvons toujours consigner la version de M. Bardin, conseilla-t-il.

Mme Bardin arrivait, surprise par ce déploiement officiel. Elle vit tout de suite le camion.

— Qu'est-ce que c'est que ça ?

— Un retour de manivelle, murmura Bardin.

Augereau et Carbonnier faisaient déjà leur métier, prélevant sur les tonneaux, y plongeant le densimètre. À onze mille deux cents francs d'amende par litre d'alcool pur, le calcul se précisait.

— À vue de nez, une vingtaine de millions, renseigna Augereau. Sous réserve des poursuites judiciaires. Et d'après ce que je crois comprendre, l'Administration ne me paraît pas disposée à la transaction.

— On veut ma peau, constata Bardin.

— Il ne fallait pas vous mettre dans ce cas-là !

— Mais je vous affirme...

— Vous ne serez pas suivi.

Pour comble de malheur, le temps se gâtait. Le chef Lesourd était déjà rentré pour faire son rapport. Carbonnier, qui avait déjà noté les principaux éléments, se disposait à se mettre à l'abri.

Ils revinrent dans le couloir de l'auberge. Mme Bardin y conversait avec le juge Ouvrard. Elle paraissait convulsée, tremblante, prête à s'effondrer.

— Mais vous nous connaissez, monsieur Ouvrard ! Vous ne pouvez pas nous faire ça !... On a rendu des petits services, tout le monde le sait. Louis est lui-même bouilleur de cru. Pour faire plaisir à des amis, on donne un litre par-ci, deux litres par-là, vous savez ce que c'est... Mais un camion entier, monsieur le Juge Ouvrard ! Vous qui jouez au rami avec Louis, vous devez connaître son honnêteté...

Ouvrard avait des gestes de défense timide, visiblement gêné...

— Je ne suis qu'un exécutant... Les ordres de Paris...

Bardin qui arrivait, voulut paraître beau joueur.

— Allons, n'importune pas Ouvrard. Tout cela va s'arranger. Je ne peux être tenu pour responsable des ordures qu'on jette dans ma cour, n'est-ce pas, cher juge et ami ?

— La jurisprudence est constante. C'est le flagrant délit le plus banal... Ah ! certes, mon cher Bardin, si vous aviez des influences dans les hautes sphères ; vous voyez ce que je veux dire ?...

Il dessinait en l'air l'ébauche d'un cercle.

— Il faut savoir faire le tour, le grand détour... Qui sait ? Quand la politique s'en mêle... Bardin me comprend, pas vrai ?

Bardin savait, oui. La riposte directe était impossible. Mais comme au jeu d'échecs, il fallait savoir faire jouer les grosses pièces. Son tort avait été de mésestimer Rousseau, de le prendre pour un vulgaire gangster ayant lâché le trafic des cigarettes pour se mettre à celui, plus lucratif, de l'alcool. Il comprenait maintenant que Rousseau avait une carte maîtresse : quelqu'un de l'Administration, pas forcément de première importance, mais admirablement placé. Et contre cette pièce empoisonnante, comme un cavalier sauteur, il fallait sortir plus gros, plus fort : une tour, une reine !

Et certes, Bardin, agent électoral influent, avait eu l'occasion de rendre bien des services à des gens en place. Un bienfait n'est jamais perdu ; il n'y a que la manière de présenter la note. Léger détail pour un hôtelier.

Mme Bardin n'avait pas encore vu Rousseau et sa suite dans la salle de restaurant.

La porte s'ouvrit : ce fut Solange qui parut, pas surprise du tout par la présence de tant de monde. Bardin, qui avait repris son aplomb, lui répondit comme s'il s'agissait de clients ordinaires. On les servait tout de suite.

C'est ce qui mit l'étincelle à l'amadou de Mme Bardin.

— Ah ! non ! On ne vous sert pas ! Traînée ! Espèce de grue ! Allez-vous-en !

Elle était à la porte du restaurant, elle s'adressait aussi à Rousseau.

— Vous m'entendez ! On ne sert que des gens bien, ici !

Elle en était violette d'indignation. Tout le monde avait tourné la tête. Bardin s'était précipité dans la salle.

— Tais-toi !

— Tu as peur, hein ! Mais, à moi, ils ne me font pas peur !

— Mais tais-toi donc !

Alphonse restait plus impénétrable que s'il était paralysé de la face. Par contre, Solange et Rousseau avaient l'air ravi ; ils s'amusaient franchement.

— Votre dame paraît nerveuse, aubergiste. De petits ennuis ?

Le juge Ouvrard paraissait de plus en plus gêné, comme un ami de la famille qui assiste à une scène de ménage. Mais Lesourd et Augereau n'avaient pas ces scrupules, ils prêtaient l'oreille. Bardin s'en rendait compte. Il n'avait strictement rien à gagner à mettre Rousseau sur la sellette. Le dénoncer, c'était se perdre définitivement. C'était avouer qu'il était complice d'un gros trafic. Il y aurait des peines de prison à la clé, plus aucune influence à faire jouer. Par ailleurs, quelles preuves pouvait-il fournir contre Rousseau ? Aucune.

Mme Bardin était hors d'elle. Elle s'avança vers Solange.

— Vous m'entendez ! Sortez tout de suite !

On frôlait le crêpage de chignon. Bardin dut faire de l'autorité. Il prit sa femme aux épaules, la repoussa vers la cuisine.

— Ça suffit. On est déjà assez empoisonnés comme ça.

Le brigadier Lesourd s'était avancé, soupçonneux.

— Qu'est-ce que cela veut dire ? Vous connaissez ces personnes ?

— Si peu, fit Bardin. Des clients de passage.

— Cependant, fit le brigadier, leur présence paraît mettre Mme Bardin hors d'elle-même.

Bardin était redevenu prodigieusement maître de lui

— Mme Bardin n'entend pas la plaisanterie, fit-il froidement.

Il prit galamment le bras de Solange pour la reconduire à sa table.

— Mais moi, j'apprécie, fit-il en regardant Rousseau bien en face.

Tout en continuant à sourire, il se mit à serrer férocement le bras qu'il tenait.

— Le père Bardin est un bon vivant, dit-il. Le père Bardin n'est pas mort !

Il lâcha le bras de Solange, tout interloquée. Un cercle blanc s'était formé sur la chair, qui mit quelques secondes à disparaître.

— Brute ! murmura-t-elle sans donner trop de portée à sa voix.

Bardin avait sorti un petit calepin et un crayon de sa poche ; il prenait commande.

— Si madame a de l'urticaire, fit-il froidement, je lui déconseille les rognons.

*

Augereau était revenu à la maison, affairé, « sur un coup » disait-il, mais assez amical pour s'inquiéter de ce qui était arrivé à sa cousine.

Il l'avait vue débarquer du camion de Pierre

Soulage, avait froncé le sourcil... Puis, à la réflexion, il s'était approché du jeune homme.

— Où vas-tu ?

— Chez Bardin, avait dit Pierrot. On est en république.

Augereau l'avait dévisagé.

— Qu'est-ce qui t'est arrivé ?

— Je me suis lavé au papier de verre, ce matin.

Un plan germait dans le cerveau du contrôleur. Il avait orienté le gars vers la courette-garage, cordialement officiel.

— Voudrais-tu venir une minute, mon vieux. J'ai quelques questions à te poser.

Rien n'obligeait Pierrot à obtempérer, mais il avait peu à perdre et beaucoup à gagner dans ce genre d'entretien. Il avait donc suivi Augereau, avait vu la vieille traction au moteur déchiqueté, la Vedette encore gluante de fuel, défoncée, ramenée du matin et complètement irréparable.

Augereau avait l'air tendu d'un joueur. Il désigna la voiture.

— Pas au courant ?

Pierrot se contenta d'écarter les bras du corps en faisant la moue.

— Je n'insiste pas, fit Augereau.

— Je peux m'en aller ?

— On est en république, ressortit Augereau. Mais à ta place, je n'irais pas chez Bardin en ce moment.

— Pourquoi ?

— Bardin a des ennuis, laisse-le donc à ses ennuis. De plus, il y a chez lui un bonhomme avec une D.S. noire, une espèce de garce parfumée et un garde du corps. Je les veux !

— Vous me dites ça, à moi...

— Bien sûr, dit Augereau. Je me fais peut-être du cinéma, mais j'imagine que cette équipe-là, ma Vedette démolie, les ennuis de Bardin et ton lavage au papier de verre, ça fait partie de la même histoire, non ?

— Je n'en sais rien.

— Je te comprends. On ne donne pas les amis... Inutile de te préciser que Bardin n'a pas eu ces scrupules, et qu'il est à l'origine des petits ennuis arrivés avant-hier en forêt d'Écouves.

— Diviser pour régner, apprécia Pierrot. Chacun son boulot.

— Il est probable que je ne t'apprends rien, dit Augereau. Je veux simplement te rappeler que Bardin t'a froidement aiguillé sur un barrage, toi et ton camion que j'ai parfaitement reconnu dans le convoi.

— Prouvez-le !

— Ça ne m'intéresse pas.

Augereau réfléchissait. Il aimait son métier, pas tant pour le plaisir d'ennuyer le monde que pour la satisfaction profonde d'être un « volant » indépendant, patron de son district. Côté flic, d'accord, ça ne le gênait pas ; mais à la condition que « Miromesnil » ne le prenne pas pour un simple exécutant. C'était de notoriété, il y avait une politique de Miromesnil et une politique des brigades, rarement la même. Et les brigades n'aimaient pas Paris.

Il fixait Pierre, qui ne cillait pas. Il aurait aimé l'avoir avec lui.

— Il a dû y avoir un blessé chez vous, dit-il. Les gendarmes ont trouvé des traces de sang.

— Comprends pas ! fit Pierrot.

— Tu ne devrais pas te lancer là-dedans, dit doucement Augereau. On est là sur Domfront, on se bagarre, on se fout dans la vase, tout ça, ça remue le sang, c'est gentillet. Mais les équipes de tueurs, mon petit vieux, non !

— Je ne vois pas ce que vous voulez dire, s'entêtait le gars de Nomville.

— Bien sûr, fit le contrôleur avec une nuance de mépris, on t'a fait la leçon, à coups de marrons dans la gueule.

— Je suis tombé, fit bêtement Pierrot.

— Bien bas, dit Augereau. C'est dommage.

— En tout cas, je n'ai jamais dénoncé personne, se rebiffa le gars.

— Oh ! pour ça, tu es le parfait pigeon ! Dénoncé, battu et content ! La fleur de nos campagnes ! Je ne te méprise pas, petit gars Soulage, je te plains. Sincèrement.

Pierrot serra les poings. Il y eut un silence lourd.

— Je peux m'en aller ?

— Non, dit Augereau, ce serait tout de même trop bête. J'ai un compte à régler, mais pas avec toi.

Non, ce n'était pas contre le lampiste qu'il voulait bagarrer ; cela, c'était son lot, à longueur d'année. Mais le compte à régler, c'était autre chose, à l'intérieur même de la profession.

Il l'avait déjà fort bien compris ; l'homme à la D.S. noire paraissait avoir de puissants appuis dans l'Administration. Rien n'était jamais bien net dans ce genre d'opération, et le directeur – car c'était au moins un directeur de service qui s'intéressait à l'homme à la D.S. – pourrait se flatter d'avoir démantelé un réseau de ramassage. Il jouait sur les deux tableaux, justifié d'avance.

— Écoute bien, mon petit Soulage, je vais peut-être t'épater, mais je veux que tu saches que nous sommes en ce moment du même bord. La fraude, le contrôle, c'est notre petite affaire. Mais la vraie bagarre en ce moment, c'est Domfront contre Paris. Paris a la prétention de vouloir coloniser la fraude, d'y tolérer des hommes forts, d'organiser en quelque sorte le trafic par personnes interposées ; une combinaison de facilité où chacun trouve son profit... sauf toi, et moi, Pierrot Soulage. Moi, qui deviens un simple bourreau chargé des petites exécutions ; et toi, qu'on balance aux foudres de l'Administration à la première incartade.

Il sortit à demi un papier de sa poche.

— Mandat de perquisition, Pierrot Soulage. Sur ordre de Paris. Dans une heure je suis chez ton père et je fais mon métier.

Pierrot le regarda, flairant un piège.

— Pourquoi me prévenez-vous ?

— Je te l'ai dit, fit Augereau. Le type à la D.S., je le veux sur un plat. Lui, et la personne de l'Administration qui le supervise. C'est une affaire personnelle.

Il y eut un silence assez long. Ils regardaient tous les deux la Vedette engluée et défoncée...

— Je ne comprends pas, dit Pierrot. Même au cas où je saurais son nom, qu'est-ce que ça peut faire ? Il n'y a aucune preuve.

— Il y a un témoignage, dit Augereau.

— Lequel ?

— Le tien !

Pierrot sifflota.

— Je vois ! Et pour ça, il faudrait que je me mouille ? C'est cousu de fil blanc !

— Attends ! dit Augereau, je t'ai passé ma carte, je t'ai fait un avantage.

— Pardon ! dit Pierrot. Mais vous ferez une perquisition à Nomville si nous, de Nomville, on le veut bien !

— Admettons, dit Augereau. Je te fais quand même une fleur en te prévenant. Ça ouvre la conversation ?

— Donnant, donnant ? Seulement, c'est moi qui fais les frais.

Ils avaient pris insensiblement des voix de confessionnal, à moins de cinquante centimètres l'un de l'autre, graves.

— Réfléchis bien, mon petit vieux. Ce que tu risques, je ne peux pas le savoir tant que je ne sais pas jusqu'à quel point tu es mouillé. Si tu n'as fait que le transport pour un tiers, tu peux t'en tirer à bon compte. Mais il y a autre chose. Il y a les tentatives d'assassinat, sur ma personne, sur Carbonnier, sur les gendarmes contre lesquels un camion a foncé. Et moi, petit gars Soulage, j'en ai ma claque, de ces procédés et je veux que ça cesse. Il est possible que « Miromesnil » ait la conscience élastique et transactionnelle, qu'ils aient là-haut une politique de regroupement de puissance à puissance. Mais moi, je défends en ce moment ma peau. Moi et les autres gars des brigades, et les gendarmes, et tous les petits qu'on met dans le coup sur les régions pour les blouser à l'échelon national ! Ça m'en sort par les trous de nez, tu comprends !

— Je comprends ! dit Pierrot.

— Alors ?

— Alors, dit froidement Pierre Soulage, c'est votre problème, mon vieux, ce n'est pas le mien ! Pour la perquisition, merci quand même, mais je vous préviens que vous allez au-devant de petits ennuis ! Salut !

Augereau se sentit traversé d'une onde de colère pâle. Il avait joué, perdu, il n'y pouvait plus rien.

— Salut ! fit-il. À tout de suite !

*

Nomville, petit village normand, quelque part aux confins de l'Orne, de la Mayenne et de la Manche, se mettait sur le pied de guerre !

Sautant de son camion sur la place de l'église, la première pensée de Pierrot avait été de faire sonner le tocsin. Qu'on prévienne tout le monde ! Les Indirectes venaient faire une perquisition !...

Immédiatement, les enfants, les femmes, tout ce qui se trouvait là, s'étaient répandus dans le pays pour porter la nouvelle.

Pierrot avait sauté de son U. 23 pour faire une arrivée en coup de vent à la ferme. Son père et sa mère étaient là.

— Augereau s'amène avec le juge et les gendarmes ! Perquisition ! Branle-bas de combat !

Il y avait une barrique de deux cents litres, relativement facile à escamoter. Mais le gros morceau, c'était la cuve en ciment, sous le foin. Elle contenait près de mille litres de goutte. Une visite sommaire la ferait négliger, mais une perquisition sur ordre, avec des gars « ficelle » comme Augereau et Carbonnier, c'était sérieux ! S'ils découvraient cela, c'était une amende de huit à neuf millions à la clé !

Il fallait la vider à la pompe. Cela demanderait une à deux heures de travail On remplirait cinq barriques, l'une après l'autre et on irait les disséminer dans les prés, dans les branchages, les haies vives, voire dans les mares.

Déjà, Pierrot chargeait la barrique pleine. Aidé de son jeune frère, il allait l'enfouir sous un tas de pommes, en plein champ.

*

Le cortège officiel serpentait à travers la verte campagne.

La voiture des gendarmes était en tête ; une Juva noire, avec le petit drapeau peint à côté du numéro. Suivait la traction de Carbonnier, avec Augereau et Marie-Anne à bord ; enfin la 203 du juge, comme à regret... On peut être probe et honnête, mais quand on est juge de Paix, on n'aime pas aller à la guerre ! Et le juge Ouvrard savait très bien où il allait.

Tout paraissait calme et tranquille. Les vaches, pas au courant, paissaient béatement dans les prés, se retournant pour voir passer les gendarmes.

Le premier obstacle surgit aux abords de Nomville.

C'était un tracteur avec une remorque, qui semblait si mal engagé que la route était barrée. Deux paysans, placides, se grattaient la tête, ayant l'air de se demander ce qu'il fallait faire.

Le brigadier était descendu de voiture.

— Il faut circuler !

— Eh ! bédame ! brigadier. On est en panne ! Faut attendre.

— Vous vous mettez dans un mauvais cas ! Entrave à l'autorité...

— On n'entrave rien du tout, protestaient placidement les hommes. On est en panne. Ça arrive à tout le monde !

Augereau avait compris. On perdait du temps, et on perdrait davantage encore, en attendant le bon vouloir de ces deux-là. Il n'y avait qu'à passer par un autre côté.

Et le cortège avait fait demi-tour, sous l'œil goguenard des deux paysans qui s'affairaient mollement à leur carburateur.

Gendarmes en tête, le cortège avait pris une route transversale. Dans la traction, Augereau ne cachait pas son point de vue. Ce tracteur en panne n'était pas un accident fortuit. Cela allait être, une fois encore, la grande corrida !

Ils arrivèrent au bourg par l'église.

Mais était-on dimanche ? Était-ce l'heure des vêpres ? On entendait comme une mélopée avec des ports de voix ; l'assemblée semblait chanter un cantique.

Ce n'était pas à l'intérieur de l'église que ça chantait, mais comme par hasard, sur la route qui ramenait à la ferme Soulage.

Ils étaient là, comme une manière de procession immobile : des femmes, des enfants, des hommes endimanchés en noir. Ils faisaient face à la fenêtre du presbytère.

Ils prenaient toute la largeur de la rue, chantant leur cantique à un saint Germain local. On ne voyait ni ecclésiastique, ni bannière, mais on reconnaissait la dure silhouette de Mlle Dhozier qui donnait le ton.

Pour de la ferveur, il y en avait ! Cela devait même côtoyer l'extase mystique, du moins à en croire l'ignorance systématique dans laquelle ils tenaient les voitures officielles.

Coude à coude, compacts, impénétrables, ils étaient là à barrer le passage. Le cantique à ressort sitôt fini, on le recommençait ! Et il ne fallait pas compter les avoir à l'essoufflement ! On les sentait décidés à passer la nuit, si c'était nécessaire !

Comme cela s'éternisait, le gendarme au volant se permit de klaxonner pour obtenir le passage.

Il n'obtint que des regards courroucés. Tout le monde le fusillait du regard, sans cesser le cantique à saint Germain. Mlle Dhozier elle-même se détacha pour venir faire honte à ce païen !... M. le Curé était mourant ! Qu'on respecte ses derniers instants !

Augereau et le brigadier se concertèrent : fallait-il passer outre ? Le juge Ouvrard, résolument conciliant, leur fit remarquer qu'ils n'avaient tout de même pas tué leur curé pour entraver l'exercice de l'autorité.

On décida de ranger les voitures sur la place de l'église, on ferait les deux ou trois cents derniers mètres à pied.

Quand Marie-Anne sortit de la voiture, il y eut un flottement dans le cantique, qui finit par s'arrêter. On n'aurait pas fait mieux pour l'assassin retournant sur le lieu de son crime.

Elle devait traverser la foule pour entrer à l'école. Elle y alla crânement, s'attendant au pire. Mais on lui laissait le passage. On s'écartait d'elle avec mépris. Seule, la mère Romphaire lui fit face un instant, lui crachant en pleine face avec dégoût :

— Moucharde !

— Oh ! fit Anne-Marie. Ce n'est pas vrai !

Mais on ne l'écoutait pas, on lui tournait le dos. Elle prit le parti raisonnable de se taire et de se diriger vers l'école, vers sa chambre.

Les trois gendarmes, le juge et les deux contrôleurs s'étaient frayé difficilement un passage.

Mais quand ils crurent être au bout de leurs difficultés, ils tombèrent à l'entrée du chemin Soulage sur une assemblée de voitures qui avaient amené des hommes de toutes parts. Et ceux-là ne chantaient pas des cantiques. Ils étaient solides et paraissaient résolus.

Ils refusèrent l'entrée du chemin.

— Propriété privée !... Perquisition, connais pas !

Cela commençait à devenir sérieux. Rébellion !

Théoriquement, le brigadier pouvait ordonner à ces gens de se disperser, faire les sommations, sortir les armes... Mais il comprit qu'il n'obtiendrait pas le passage sans créer de graves désordres. Il ne suffit pas d'avoir la loi pour soi, il faut avoir le nombre.

— Mes amis, mes amis, essayait le juge. Nous avons un mandat précis. Nous devons remplir une mission...

— On n'est pas l'ami des « feignants » ! répliquaient sans ménagement les paysans, en visant plus spécialement Augereau et Carbonnier.

Ceux-ci, qui avaient vu d'autres orages, restaient impavides. Ils avaient personnellement un petit compte à régler avec les Soulage. Ils étaient d'avis de passer.

Conciliabules.

— Je ne peux pas vous soutenir, disait le brigadier.

— Nous pouvons faire un procès-verbal de carence, proposait le juge.

Mais ni les gendarmes, ni les contrôleurs ne pouvaient accepter une déroute trop rapide. On se rallia à l'avis du chef Lesourd qui proposait de téléphoner pour obtenir des renforts.

Ils se replièrent, sous les sarcasmes. La première escarmouche était à l'avantage des gars du cru.

L'un d'eux alla vers le hangar.

— Alors, ça pompe ?

Ça pompait en effet à pleins bras. Une barrique de deux cents litres était bientôt pleine.

— Si vous pouvez les tenir encore une heure, dit Soulage, la fosse sera vide !

Au bourg, on avait cessé de chanter des cantiques. Une foule goguenarde et hardie entourait les représentants de l'autorité... Allaient-ils plier bagage ?

Les voitures étaient devant l'église, et les hommes ne s'en éloignaient plus. La foule semblait se refermer sur eux...

— Pas d'incident ! avait ordonné Lesourd avant d'aller téléphoner à l'épicerie Tabard.

Et ni les contrôleurs, ni les gendarmes, ni le juge à plus forte raison, n'avaient l'intention de créer un incident.

Il fallait pour cela avoir des nerfs d'acier, ou des boules de cire dans les oreilles. Car elles s'en payaient, les commères ! Enhardies d'instant en instant, devant la déroute qu'elles flairaient, elles s'en prenaient maintenant directement à Augereau et Carbonnier... : Vraiment, ils faisaient un bien sale métier ! Ils devraient avoir honte !... Des hommes, ça ?... On pourrait toujours voir à ce qu'ils n'aient plus cette prétention-là !...

Et, avec un brin de malice, mais si peu... la mère Romphaire agitait un couteau aiguisé :

— Comme des lapins ! Comme des chapons ! On mettra ça dans un bocal !

Un peu pâles, mais jouant la décontraction étudiée, Augereau et Carbonnier semblaient ne rien entendre.

À la porte de l'épicerie Tabard, le gendarme Lavenir empêchait la foule d'entrer.

Lesourd était au téléphone. Officiel ! Réquisition ! Il avait renvoyé la mère Tabard au fond de sa boutique. Secret d'État !

Il avait fini par obtenir quelqu'un à la Préfecture. Oh ! pas le préfet, bien sûr ! Celui-ci venait justement de sortir. Plutôt un tampon anonyme qui n'avait pas l'air très emballé d'avoir à prendre une responsabilité.

— Faire envoyer un peloton ? Je pense que M. le Préfet s'y opposerait. Allô... Oui, il s'y opposerait certainement. C'est peut-être risquer de faire, d'un simple incident, un grave désordre.

— Que dois-je faire ?

— Accomplissez votre mission, chef. Mais en douceur ! Du doigté, de la diplomatie !...

— Autrement dit, vous me laissez tomber ! Vous prendrez note que je vous ai demandé des renforts et que vous me les avez refusés ! En cas d'incident grave, ma responsabilité est dégagée !

Lesourd pouvait voir les nez qui s'écrasaient contre la vitrine Tabard. Il était un peu nerveux.

À la Préfecture, le tampon demandait à réfléchir un instant. Sans doute pour, la main sur le micro, consulter quelqu'un de plus important, à sa droite.

Et la réponse arriva, préfectorale :

— Nous ne nous désintéressons pas de la question. Nous vous envoyons deux motards !

— Deux motards ? Mais qu'est-ce que vous voulez que j'en foute ?

— Pour la liaison !

Il n'y avait rien à ajouter, Lesourd raccrocha.

Nomville était bel et bien en effervescence, comme un moût bien macéré. Lorsque le chef Lesourd ressortit de l'épicerie Tabard, il vit la foule amassée sur la place.

Il y avait comme une rumeur qu'on entendait, à l'autre bout du village.

Une rumeur, une acclamation qui gagnait, de proche en proche, comme à l'arrivée d'une course cycliste.

Mais ce n'était pas un cyclard qui arrivait. C'était Cadet-Balagny soi-même, député du cru, ceinturé de tricolore, imposant et officiel. Il arrivait dans la voiture du père Bardin, qui avait aussi son petit lot d'acclamations.

Ils arrivaient, les bons, les vrais, les défenseurs du faible et de l'opprimé ! Et pas fainéant de la gueule, le père Cadet-Balagny ! Très soucieux de soigner sa popularité !

— Me v'là, les gars ! Me v'là ! Toujours présent à vos côtés !

Et il serrait les mains, pas fier, appelant les gens par leur nom, vraie bête de politique !

Le chef Lesourd s'étonnait, devant Bardin.

— Ah ! monsieur Bardin, allons-nous être obligés de vous classer parmi les fauteurs de désordre ?

— Fauteur de désordre, moi ? s'étonnait Bardin, l'œil candide. Mais, mon cher chef et ami, c'est tout à fait fortuitement que je me promène avec mon ami Cadet-Balagny... Une manifestation ? J'en suis le premier surpris ! D'ailleurs, cela tombe très bien. Notre ami va user de son autorité pour prêcher la modération.

La séance de modération avait lieu plus loin, au monument aux morts, que Cadet-Balagny avait aussitôt annexé pour ses effets oratoires. Face au poilu de pierre frappé d'une balle en plein cœur et qui levait les yeux au ciel, il interpellait les invisibles disparus.

— Enfants de Nomville, vous avez cru mourir pour la patrie... vous êtes tombés avec vos illusions ! Repos à vous ! Vous n'aurez pas vu les employés des Indirectes venir cracher dans vos demeures !...

Augereau et Carbonnier, habitués, en prenaient pour leur grade.

— ... ces rapaces ! À l'affût du pauvre petit demi-litre de goutte supplémentaire qui aura échappé au scrupuleux contrôle de l'honnête paysan !... Car il n'y a pas de voleurs chez nous, messieurs ! Retournez chez vous, et dites à vos maîtres que nous sommes ici au pays de la liberté, et que vous ne vous livrerez à votre basse besogne qu'avec l'appui des baïonnettes !

Belles envolées ! Bravo des gars de Nomville ! Un plaisir d'avoir élu un gars comme ça, qui n'avait pas peur de se mouiller pour prendre la défense du « petit » ! Bravo, « Mirabeau » ! À la tienne, « mirabelle » !

Lesourd avait informé Augereau des résultats de son coup de téléphone à la Préfecture : il ne fallait pas compter sur des renforts. Il était donc plus raisonnable de se replier.

— Bon ! avait fait Augereau. Mais vous consignerez aussi sur votre rapport que le député a proféré des propos insurrectionnels... N'est-ce pas, monsieur le juge ?

Mais le juge Ouvrard se tenait prudemment à l'écart. Il était très occupé à cogner, avec une pierre, un clou qu'il avait dans sa chaussure... Le député avait parlé ? Ah ! vraiment, il n'avait rien entendu !...

Puisqu'il avait la parole, Ouvrard avait proposé de parlementer. Il s'agissait certainement d'un malentendu, non d'une insurrection... Il suffisait de se comprendre.

Lecorre, maire de Nomville, avait saisi la balle au bond, finaud.

— Bédame, bien sûr qu'on ne demande qu'à causer ! Seulement, on n'est point très malins. Il faudra peut-être bien compter une heure ou deux, avant qu'on ne comprenne !

— Bien sûr ! fit Augereau, sarcastique. Le temps de camoufler.

— Camoufler ?... Comprends pas ! reprenait Lecorre avec un sourire madré. Mais dès qu'on aura compris de quoi il s'agit, sûr, les inspecteurs pourront bien inspecter ce qu'ils voudront !

Les gars s'esclaffaient, autour. Ils étaient chez eux !

On pompait toujours à la ferme Soulage.

Pierrot avait déjà chargé les deux premières barriques pour aller les cacher dans des endroits sûrs.

Tout allait bien ! Au bourg, on était en train « d'endormir » les volants. C'était pratiquement gagné.

— Gagné ? fit un pessimiste. Et s'il arrive des renforts ?

Ah ! dame, s'il arrivait des renforts, peut-être faudrait-il précipiter le mouvement. Le père Soulage avait montré un tuyau de caoutchouc.

— S'il vient des renforts, tiens ! On siphonne le restant vers la mare !

Pierre Soulage n'était pas à l'aise. Avec les gars Robichon et Audouin, il venait de dissimuler les deux barriques derrière les stères de charme qui séchaient dans les bois communaux. Les laissant à camoufler les pièces sous des rondins, il revenait seul dans son U.23 pour charger d'autres barriques.

Il sortait du chemin forestier et s'engageait sur la route, lorsqu'il vit arriver la D.S. noire qu'il reconnut aussitôt. Assurément, Rousseau venait savourer son triomphe.

Pierrot l'attendait plus ou moins, sans doute, mais pas là. Surpris, il allait le laisser passer. Mais l'autre avait bon pied, bon œil et pila en une seconde, juste à sa hauteur.

— Tiens, tiens !

Le petit gars normand manquait de réplique, mais pas de décision. Et il était en train de se dire : « Il faut que je les fixe ici, comme avec des punaises ; ensuite, on verra ! »

Leur rentrer dans la carrosserie ? La position des voitures, côte à côte, ne s'y prêtait pas. Déjà, Solange se penchait pour le voir, gouaillait :

— Dieu, qu'il est amoché !

Et, impassible, à l'arrière, Alphonse le fixait de son regard glacé.

Après la correction reçue, Pierrot ne songea pas même une seconde à les entreprendre d'homme à homme, là, au bord de la route.

Il essayait de penser vite... « Petit bonhomme, pas mort ! Hier, sur leur terrain, j'ai été battu ; mais sur mon terrain, il faut que je les pulvérise ! »

Comment faire ? C'était flou. Il se contenta de sourire, un peu faraud.

— Loupé, votre truc ! Les contrôleurs ne trouveront rien !

— C'est à voir, fit Rousseau en jetant un coup d'œil sur le chemin des bois communaux.

Le fer était engagé, sans le vouloir. Pourquoi pas ?... Mais si la D.S. tournait vers le bois, il ne fallait pas trop compter sur les réactions rapides des gars Robichon et Audouin. Pierrot trouva que sa première idée était la meilleure.

Quand il n'avait plus à penser, mais seulement à agir, il allait vite. La route était en légère déclivité. Il fit un salut désinvolte, laissa rouler le camion sur trois mètres, passa en marche arrière.

Puis, braquant à fond, il lança son deux-tonnes en arrière pour prendre la D.S. en écharpe. Il eut le contact immédiat, le bruit de tôle et de vitres, peina durant une seconde ou deux pour riper la voiture, comprit qu'il la tassait et qu'il n'y parviendrait pas, se dégagea en passant la première...

La totalité de l'opération n'avait pas duré cinq secondes et tout l'arrière gauche de la D.S. était embouti. L'effet de surprise avait joué à plein. Rousseau avait déjà sauté au sol, Solange avait un peu bafouillé sur sa portière ; quant à Alphonse, bloqué à l'arrière, il avait dû passer par-dessus le siège avant pour sortir enfin...

Le camion de Pierrot était déjà loin.

Alphonse tendit son bras droit armé, mais Rousseau le lui abaissa.

— Laisse ! Pas comme ça ! Pas ici !...

Solange ne disait rien, très pâle, les lèvres amincies, furieuse. La première, elle vit les deux gars à l'orée du bois, attirés par le bruit, avec chacun à la main une trique solide tirée des stères entassés, observant la scène.

— Comme disait un de mes amis, murmura-t-elle, il ne faut pas baisser la garde tant qu'on est dans les cordes !

Alphonse et Rousseau examinaient l'arrière de la voiture. Rien d'essentiel n'était atteint, mais la tôlerie emboutie bloquait la roue arrière. Il ne fallait pas compter redresser cela à la force du poignet. Rousseau se remit au volant, tenta un démarrage et ne réussit qu'à faire patiner les roues avant. Il fit un signe à Solange.

— Fais du charme aux deux ploucs, qu'ils viennent nous donner un coup de main !

C'était raisonnable. Les autres étaient à une cinquantaine de mètres. Solange se fondit dans un sourire travaillé...

— Messieurs, s'il vous plaît !... Messieurs, un petit renseignement, s'il vous plaît...

Mais à la lisière, gourdin en main, Robichon et Audouin ne bougeaient pas, hostiles. Et Rousseau comprit d'un coup que la situation était grave, en plein pays ennemi, des pas-causants, des lents à comprendre et des cogne-dur ; et que le mieux était encore d'abandonner carrément la bagnole, pour se rapprocher un peu de la civilisation.

Il sortit, durcit sa voix, autoritaire.

— Pour aller au bourg ? tonitrua-t-il.

Robichon et Audouin eurent le même mouvement de trique, sans un sourire... C'est par là !...

— Y a-t-il un garagiste ?

Pas de réponse.

— Merci ! fit Solange avec humeur.

— Allons, ne les excite pas ! murmura Rousseau. Je sens à mon cor au pied que le temps est à l'orage...

*

Sur la place de l'église, l'arrivée des touristes avait passé à peu près inaperçue.

Sauf de Bardin qui attendait le coup et avait l'œil à tout. Il ignorait la mésaventure qui venait de leur arriver, mais n'était pas fâché de démontrer son pouvoir. Il recula un peu à l'écart, et Rousseau vint le joindre avec beaucoup de naturel.

Plus loin, près du monument aux morts, le député, cramoisi de mâle indignation, continuait à apostropher la foule assemblée.

— ... Cette survivance de la gabelle et des Fermiers généraux, contre qui nous avons déjà fait la Révolution !... Oui, tant qu'une goutte de sang circulera dans nos veines, nous crierons aux suppôts des Impôts : « Arrière ! Ne touchez pas de vos mains sales au fruit de notre labeur... »

Bravos enthousiastes !

Rousseau avait imperceptiblement haussé les épaules. Bardin insinua, doucereux :

— On dirait qu'il y a un os.

— Eh bien, tant mieux ! fit Rousseau. On va lâcher les chiens. Respect à la Loi !

Mais, vers le café Tabard, le groupe des gendarmes et des contrôleurs avait des mines plutôt ennuyées ; une foule de pigeons qu'on chauffe, ça explose plus facilement qu'une lampe-pigeon. Cadet-Balagny, qui soignait sa réélection, y allait du fond des tripes !

— ... Tant que je suis debout, nul ne touchera à nos légitimes privilèges ! Quoi ? Les fruits de nos vergers ne nous appartiendraient pas ! Bientôt, on viendra tirer le lait dans les mamelles de nos femmes, pour faire des fromages aux fonctionnaires de l'Administration ?...

— ... Hou ! Hou ! criait la foule tournée vers les officiels.

Il y avait de l'ambiance. Rousseau s'en sentit remué.

— Alors, on sort le grand jeu ?

— J'ai les cartes bien en main, dit Bardin. Mettez-vous dans la tête que vous ne tirerez pas une goutte d'alcool de cette région sans passer par moi.

— Halte-là ! criait le représentant du Peuple. Comme un seul homme, nous nous dresserons, tels des héros qui barrent la route à l'ennemi, formant de leurs poitrines un inexpugnable rempart !...

Et chauffe, chauffe ! Et monte, monte !... Les acclamations devenaient frénétiques.

— D'autant, fit doucement Bardin à l'oreille de Rousseau, que cette sympathique population serait ravie d'apprendre qui est à l'origine de cette dénonciation... Vous avez amené votre dame ? Oh !... Tss, tss !... Quelle erreur, mon cher. Je souhaite qu'elle ait le cœur bien accroché quand je vais vous désigner et vous livrer, comme on dit, à la vindicte populaire.

— Ça va, ça va ! fit Rousseau, un peu nerveux. Vous ne pouvez faire cela sans vous couler définitivement.

— Chiche ?

— La France entière, poursuivait Cadet-Balagny, apprendra demain avec stupeur que des petits paysans honnêtes et laborieux sont brimés par des règlements périmés. Jusqu'à notre dernier souffle, il nous restera le droit imprescriptible de la résistance à l'oppression...

— Je n'ai pas la tête dure, dit Rousseau. On repart à zéro ?

— C'est le mot ! dit Bardin. C'est vous qui allez payer mon amende ?

— N'y comptez pas ! Ce n'est pas moi qui ai commencé la guerre des dénonciations. Toutefois, il n'est pas exclu que quelqu'un de bien placé dans l'Administration vous obtienne une transaction très raisonnable... Ce n'est même pas impossible du tout. Nous pourrions peut-être en parler sérieusement et jeter les bases d'une véritable collaboration où chacun trouverait son profit, plutôt que de se tirer dans les pattes... Qu'en pensez-vous ?

— Quoi ? fulminait le député. Pendant que nos fils se font tuer sur une terre lointaine pour défendre les intérêts des gros vinassiers, nous capitulerions ici devant les pâles guignols de l'Administration ? Non, jamais !

— Non, non ! criait la foule. Jamais, jamais !...

Bardin laissa passer un temps et, avant de s'éloigner, il glissa :

— Je vais réfléchir à votre proposition.

*

Par la fenêtre de la chambre qu'elle quittait, Marie-Anne avait bien vu les commères qui attendaient dehors, devant l'école.

Sa valise avait été vite faite, et Charlotte l'aidait, pleurnicharde.

— Sortez pas maintenant, mademoiselle. Attendez un peu.

— Elles ne me font pas peur, s'obstinait la jeune fille.

Elle avait la parfaite inconscience des âmes pures, n'imaginait pas la bêtise et la méchanceté. Tout se bornait pour elle à une question de courage. Aurait-elle celui d'affronter les commères ricaneuses ? Oui, bien sûr ! Pure, droite et raide, elle était celle par qui vient le scandale.

La bonne Charlotte, qui n'avait qu'un gros bon sens, voyait plus loin. Elle avait proposé d'aller chercher le cousin Augereau, ce serait plus prudent.

— Mon cousin a autre chose à faire ! avait répondu Marie-Anne. Je l'attendrai dans sa voiture.

— Laissez-moi au moins porter la valise.

Elles avaient descendu l'escalier, s'engageant dans la cour, lorsque Mlle Dhozier parut sur le seuil.

— Charlotte !

Le seul son de la voix avait pétrifié la grosse fille. Et dans la cour aux marronniers jaunissants, elle essaya timidement :

— Je vais un peu reconduire mademoiselle...

— Ma fille, clama la Dhozier, vous n'êtes point payée pour servir une créature qui n'a pas la conscience tranquille !

— Oh ! se rebiffa Marie-Anne. C'est odieux.

La Dhozier la vrilla de ses yeux durs, l'air dégoûté, secouant les mains comme pour se débarrasser de quelque chose de répugnant.

— Quant à moi, je ne cause point à une moucharde !

Et elle sortit, se rendant dignement au presbytère.

Plusieurs commères passaient la tête, ricanantes et hostiles... Marie-Anne haussa les épaules, rendit le baiser à la bonne grosse Charlotte qui fondait en larmes, prit sa valise et sortit de l'école par le petit coulot qui ne voyait jamais le soleil.

Dehors, elle tomba sur le groupe. Il n'y avait que des femmes ; en blouse, en tablier, en fichu. Elles l'attendaient.

Elle aurait dû comprendre tout de suite, à voir les visages fermés, les poings sur les hanches. Elles étaient une vingtaine, les plus épaisses et les plus rudes du canton, graines de justicières, brusquement silencieuses, regards braqués comme des pistolets.

Marie-Anne, valise d'une main, imperméable sur l'autre bras, se sentait pâlir, mais parce qu'elle avait peur, elle avança résolument. Ce n'était pas positivement un barrage. Les femmes formaient plusieurs groupes entre lesquels on pouvait passer.

Elle passa le premier groupe, un peu déhanchée par le poids de sa valise, aussi silencieuse et méprisante que les ploucardes. Mais son imperméable frôla, à peine un effleurement, le coude musclé et crasseux de la femme Hauquetot. Celle-ci tressaillit comme sous une décharge électrique et se mit à brailler :

— Effrontée avec ça !... Salope !

D'un mouvement sec, elle tira l'imperméable clair et l'envoya dans la boue, à trois mètres.

Marie-Anne devint plus pâle encore et sentit qu'elle tremblait sur ses jambes. Elle s'efforça pourtant au calme, posa sa valise et, sans défier personne, se dirigea vers son imperméable en lançant de façon neutre :

— C'est malin !

— Quoi ? Quoi ? Qu'est-ce qu'elle dit ?...

Les femmes s'approchaient, faisant le cercle. L'une d'elles renversa du pied la valise.

— Qu'est-ce que tu racontes encore ? Sale moucharde !

Interdite, un peu hébétée, Marie-Anne hésita. Alors l'une des femmes ramassa l'imperméable à terre, en fit une boule et le lui jeta au visage.

— Fous ton camp, salope !

Si elle avait eu à ce moment la moindre notion du comportement d'une foule, elle aurait dû laisser tout sur place et courir, fuir au plus vite. Mais elle était jeune institutrice, son métier était d'expliquer, elle voulut s'expliquer, la panique au ventre et les larmes aux yeux...

— Mais qu'est-ce que je vous ai fait ?

Elle reçut la première gifle, brutale et imprévue ; le début de la curée.

*

Coste et Chappée avaient un cuir noir, des bottes noires, un casque noir, une moto noire. Et, en bandoulière sur leur dos noir, il y avait une mitraillette noire.

De bons gendarmes motards sans doute ; mais aussi bien des anges de la Mort. Ils arrivaient, portant la fatalité en eux, et n'en sachant rien. On leur avait dit d'aller à Nomville ; ils y arrivaient, provoquant une révolution.

La vue des armes, surtout, avait révolté les Nomvillais. Est-ce qu'on allait les traiter comme des malfaiteurs ? Ou simplement comme les gens des autres départements ?...

Les poings s'étaient serrées, les regards s'étaient durcis.

Le chef de brigade Lesourd avait immédiatement compris que les choses se gâtaient. Joli cadeau qu'on lui faisait là ! Lui envoyer deux hommes, avec armes ostensibles, c'était trop, ou pas assez !

Du pathétique flottait dans l'air. On se serait fait tuer sur place !

Cadet-Balagny, très à son aise dans cet élément dramatique, avait repris la tête de la manifestation. Il n'était pas sot. Mieux valaient les superbes périodes verbales que l'effusion de sang... Et à voir certains Nomvillais qui commençaient à friser du nez, à chatouiller nerveusement la crosse de leur fusil de chasse, il était temps de canaliser tout cela vers les déclarations de principes... Cadet-Balagny y excellait.

— Non, nous ne nous laisserons pas intimider ! Gardez votre calme, mes amis ! Nous ne tirerons pas les premiers ! Les martyrs seront de notre côté !

Rousseau s'était glissé vers le brigadier. Homme d'ordre en diable, avec son aspect net et laxativé d'ancien para sur le retour, il conseillait :

— Faites respecter l'ordre, brigadier-chef ! Une sommation et cette racaille s'éparpillera ! Je m'y connais en hommes !

— Occupez-vous de vos oignons, avait conseillé Lesourd.

Instinctivement, devant le danger indécis, les officiels s'étaient regroupés.

Il se fit un silence absolu et on entendit alors, du côté de l'école, les vociférations et les cris. Un gamin arrivait.

— Ils tiennent l'Augerote ! Ils lui foutent la raclée !...

— Bon Dieu ! fit Augereau.

Et il se mit à foncer à travers la foule, en direction de l'école. C'était une erreur. Un jour comme celui-là, un contrôleur des contributions indirectes ne pesait pas lourd dans une foule de péquenauds furibards.

Il ne fit pas vingt mettes, reçut des coups de casquette, des coups de poing et fut finalement projeté par terre.

Les gendarmes s'étaient crispés. Ils levaient les armes. On était en plein drame.

Lesourd était devenu très pâle.

Il avait groupé ses quatre hommes autour de lui.

— Je vais faire les sommations ! Tenez-vous prêts !... En avant ! Ne tirez qu'à mon commandement !

Des Nomvillais armés s'étaient groupés près de l'église. Eux aussi avaient l'œil de la bataille, c'est-à-dire de la peur.

— Ils vont nous tirer dessus, ces salauds ! Groupons-nous, les gars !

On aurait cru l'image de la planète ! La Paix armée ! Dissuade-moi ou je te dissuade !

Pierrot arrivait sur son U. 23 et à bord il avait une quinzaine de gars solides. Robichon et Audouin avaient distribué les triques. But du commando : encercler Rousseau et Alphonse, et leur faire passer le goût de jamais revenir par ici.

C'était puissamment pensé. On éviterait de faire ça devant les gendarmes, on attirerait les Parisiens vers le lavoir, et hardi la dégelée ! Il n'était pas exclu qu'on déculotte la Solange, mais après tout, cela lui ferait peut-être plaisir ; alors on se contenterait sans doute de la balancer à l'eau et de l'envoyer se faire sécher chez les Patagonaux !

Mais le plan avait viré court, en passant devant l'école.

Quand Pierrot avait vu, au long du muret, Marie-Anne qui recevait des taloches et des coups d'imperméable, la tête protégée dans ses mains, tandis que des sorcières forçaient la valise et jetaient à tous vents les petits dessous de nylon, il avait bloqué sur place et bondi.

— Qu'est-ce que vous faites ?

Il n'avait pas hésité à bousculer la mère Romphaire et la mère Lecorre. Marie-Anne était livide, mais elle esquissa un sourire en le voyant.

— Laisse-nous la moucharde, dit la Romphaire.

— Quoi ? Quelle moucharde ? Vous êtes folles ?

Mais des hommes arrivaient aussi, et ceux-là tenaient Augereau, le poussaient, le frappaient... Là-bas, près du monument aux morts, le chef Lesourd disposait ses hommes et s'apprêtait à lancer les sommations.

Il n'était plus possible de laisser faire cela.

Pierrot s'était adressé alors à Augereau.

— Vous voulez perquisitionner chez mon père ? Eh bien, venez !

Un peu ensanglanté, Augereau avait constaté, amer :

— Je vois ! L'opération camouflage est terminée ! Mais des voix dans la foule protestaient :

— Laisse-nous les mouchards, Pierrot ! Qu'on leur donne la leçon !

Les mouchards ? Le village entier voulait les mouchards ?

Pierrot monta sur le muret du cimetière, aperçut Rousseau, le désigna :

— Le voilà, le mouchard ! Je vous le donne !

Rousseau avait joué l'étonnement.

— Qu'est-ce que c'est ? Je ne vous connais pas, jeune homme !

La décision de Pierrot était prise. Il appela le contrôleur. D'accord, il aurait à payer aussi ; mais des Alphonse, des Rousseau, et des directeurs de « Miromesnil » qui bouffent à tous les râteliers, il n'en fallait plus !

— Vous voulez connaître l'homme qui vous a échappé avant-hier ? Eh bien, c'est lui !

Augereau avait immédiatement saisi l'importance de l'instant qui passait.

— Vous pouvez en témoigner ?...

Mais quelqu'un voyait la scène et la jugeait avec une sûreté de professionnel. Alphonse, qui n'aimait pas les gendarmes et qui n'aimait pas la foule, s'était insensiblement dirigé vers les voitures. C'était, comme on aurait pu le dire dans son oraison funèbre, un homme qui avait des qualités, mais qui n'aimait pas les bavards.

Pourquoi avait-il choisi la 203 du juge ? Peut-être parce qu'elle était la seule à avoir sa clé de contact ?... Ce fut une fois installé au volant qu'il sortit son arme.

Pierrot n'était pas une cible mouvante. Très droit, face à Augereau, il répondait. Mais des gens bougeaient, devant, venaient par instants s'intercaler en écran... Le trou se fit enfin. Pierrot resta seul, au bout de la ligne de mire. Personne ne faisait attention à Alphonse ; il avait tout son temps.

Personne, sauf Bardin qui se méfiait et avait l'œil à tout. Dès qu'il vit luire le canon de l'arme, il poussa du coude le gendarme Coste.

— Là-bas ! Dans la 203. Un type va nous tirer dessus !

En même temps, il ramassait une pierre et se disposait à la jeter.

Alphonse était sûr de son coup. Il tourna la clé de contact et mit la main gauche sur la tirette du démarreur. Sitôt qu'il aurait descendu Pierrot, il foncerait à travers la foule et disparaîtrait !

Sa main droite se crispait déjà sur la détente, lorsque la pierre de Bardin vint atterrir sur le toit de la voiture. Le bruit fit tressauter Alphonse, le coup partit et se perdit.

Il suffisait au gendarme Coste qu'on ait tiré. Il ne fit pas le détail et plaça un tir groupé de sa mitraillette dans le pare-brise de la 203 qui fut littéralement haché.

Il y eut des remous dans la foule. Mais, par bonheur, on était au milieu d'individus à réaction lente. Le temps qu'ils aient fini de se demander ce qui arrivait, la suite des événements était déjà en mesure de leur donner l'explication.

Solange et Rousseau, qui avaient des réactions rapides, avaient profité de la seconde de stupéfaction pour esquisser un mouvement de fuite. Tout paraissait bien compromis.

Peut-être auraient-ils pu réussir. Ils avaient déjà franchi la première ligne de la foule. Mais la seconde ligne était la plus terrible. Là, il y avait des gars solides qui sautaient d'un camion, chacun armé d'un gourdin.

Brève rencontre. Rousseau aurait eu assez d'estomac, mais Solange ne put supporter. Dès que le père Audouin qui biglait dur, suait du col et repoussait du goulot s'approcha d'elle, et étendit sa main pour la toucher, elle poussa un cri, se voila les yeux et tomba à genoux, privée de jambes.

Rousseau, qui voulait la relever, fut bousculé et tomba aussi.

Alors ce fut comme une ruée, cognant, criaillant, que les gendarmes observèrent avec un rien de placidité avant d'intervenir.

À l'aspect de Solange et de Rousseau quand on les sortit de là, on aurait pu sans conteste les ranger dans la longue liste des victimes de l'alcoolisme. Solange avait les vêtements lacérés, les cheveux dépeignés, les traits convulsés d'épouvante. Elle tremblait quand on la remit debout. Elle hoquetait, chair de poule, lèvres blanches. Quand le gendarme Coste lui mit la main à l'épaule, elle murmura : « Enchantée de vous connaître », et elle s'évanouit.

Rousseau fut plus honorable. Un œil fermé et la mâchoire saignante, il avait un demi-regard triste et dédaigneux. Il sortit son mouchoir et s'essuya avec dégoût. Avec une certaine morgue, il dit à Lesourd :

— Vous voudrez bien prévenir Me Caparacci, mon avocat, je vous prie !

Indifférente, à tout cela, Mlle Dhozier traversait la place, un voile noir sur la tête. Mlle Dhozier avait de la peine : M. le Curé Hulin venait de mourir.

Et, elle le savait, c'était plus qu'un brave homme de curé qui disparaissait, c'était toute une époque : la sienne.

On allait voir maintenant un monde nouveau, celui des jeunes maîtresses à baccalauréat, antialcooliques par principe, celui des jeunes curés qui mettaient tout le monde « en cuisses » et patronnaient le cinéma dominical qui passait (ô honte !) des films profanes !

Elle fit un signe et quelqu'un, dans l'église, se mit à sonner le glas.

Alors Mlle Dhozier ne put retenir une larme, grande figure désuète, sévère, avec l'église derrière elle, et les nuages d'un ciel normand ; vieille walkyrie d'un bon walhalla où tous les vieux curés normands, les bistrots, les députés, et trente-six millions de milliards de bouilleurs de cru buvaient la goutte *ad vitam aeternam,* en vrais fils de Vikings.

*

— Voilà ! fit le père Soulage. Mettez la jauge si vous voulez, la cuve est vide !

Augereau s'en doutait. Il renifla. Tout empestait la gniaule confinée. Et dans la mare proche, les diptiques, les sangsues, les têtards, les puces d'eau, tout un monde paraissait animé d'une fièvre bizarre, faisant des bonds comme des poissons empoisonnés. Il n'était pas jusqu'aux canards qui n'aient curieuse allure.

— Je vois ! fit-il avec une indulgence sceptique. Votre mare doit pas mal titrer, n'est-ce pas ?

— Ah ! fit Soulage. C'est peut-être bien des résidus de l'an dernier. Je me disais aussi...

Mais Augereau haussa les épaules, décidé à ne pas trop approfondir. Il se tourna vers Marie-Anne et Pierrot.

— Curieux métier que le mien. Quand on part sur un coup, on ne trouve jamais ce qu'on cherche. Souvent, rien du tout. Et parfois : beaucoup mieux !... Dans l'ensemble, la journée serait plutôt bonne.

Il s'adressait à Pierrot ; mais celui-ci paraissait absent, l'air, heureux. Il riait.

Le regard d'Augereau descendit. Il vit alors que la main de Pierrot tenait celle de Marie-Anne, et que celle-ci avait le même rire heureux.

Augereau écarta les bras du corps, d'un geste de comique incompréhension. Il confia à Carbonnier :

— La coexistence ! Une antialcoolique et un fraudeur-né ! Je me demande de quoi ils peuvent bien parler !

Ils parlaient peu. Ils riaient, tristement, comme malgré eux. Et Marie-Anne murmurait, secouée malgré elle par le côté comique de la situation :

— Oh ! le pauvre, le pauvre... Oh ! le pauvre petit canard !

Et ils regardaient le petit canard qui titubait, qui vacillait, tombait, se relevait, pour retomber enfin dans la vase glougloutante, où fuyaient des myriades de larves... : ivre mort.

DU MÊME AUTEUR

Aux Éditions Gallimard

Sous le pseudonyme de Jean Amila :

Y'A PAS DE BON DIEU !, 1950. Traduction fictive attribuée à Jean Meckert. Collection Carré Noir (n° 36)

MOTUS !, 1953. Collection Carré Noir (n° 177)

LA BONNE TISANE, 1955. Collection Série Noire (n° 285)

SANS ATTENDRE GODOT, 1956. Collection Série Noire (n° 310)

LE DRAKKAR, 1959. Collection Série Noire (n° 490)

LES LOUPS DANS LA BERGERIE, 1959. Collection Série Noire (n° 473)

JUSQU'À PLUS SOIF, 1962. Collection Folio policier (n° 394)

LANGES RADIEUX, 1963. Collection Carré Noir (n° 512)

LA LUNE D'OMAHA, 1964. Collection Série Noire (n° 839). Collection Folio policier (n° 309)

NOCES DE SOUFRE, 1964. Collection Folio policier (n° 47)

PITIÉ POUR LES RATS, 1964. Collection Série Noire (n° 832)

LES FOUS DE HONG-KONG, 1969. Collection Série Noire (n° 1312)

LE GRILLON ENRAGÉ, 1970. Collection Série Noire (n° 1334)

CONTEST-FLIC, 1972. Collection Carré Noir (n° 567)

LA NEF DES DINGUES, 1972. Collection Série Noire (n° 1468)

TERMINUS IÉNA, 1973. Collection Carré Noir (n° 571)

À QUI AI-JE L'HONNEUR... ?, 1974. Collection Carré Noir (n° 459)

LE PIGEON DU FAUBOURG, 1981. Collection Série Noire (n° 1844)

LE BOUCHER DES HURLUS, 1982. Collection Folio policier (n° 190)

LE CHIEN DE MONTARGIS, 1983. Collection Série Noire (n° 1930)

AU BALCON D'HIROSHIMA, 1985. Collection Série Noire (nº 2007)

Sous le nom de Jean Meckert :

LES COUPS, 1941. (Folio nº 3668)

L'HOMME AU MARTEAU, 1943

LA LUCARNE, 1945

NOUS AVONS LES MAINS ROUGES, 1947

LA VILLE DE PLOMB, 1949

NOUS SOMMES TOUS DES ASSASSINS, 1952. D'après le scénario original d'André Cayatte et Charles Spaak

JE SUIS UN MONSTRE, 1952

JUSTICE EST FAITE, 1954. D'après le scénario d'André Cayatte et Charles Spaak

LA TRAGÉDIE DE LURS, 1954

Aux Éditions Joëlle Losfeld

Sous le nom de Jean Meckert :

JE SUIS UN MONSTRE, 2005.

LA MARCHE AU CANON, 2005.

L'HOMME AU MARTEAU, 2005.

Composition IGS
Impression Novoprint à Barcelone
le 20 octobre 2005
Dépôt légal : octobre 2005
Numéro d'imprimeur :

ISBN 2-07-031933-4/Imprimé en Espagne.

138657